내일 말할 진실

정은숙 · 소설집

내일 말할 진실

창비

차례

내일 말할 진실

편의점 여자 알바를 편순이라 부른다고 알려 준 건 일을 소개해
준 옆집 언니였다. (남자는 편돌이란다.) 같은 타임의 전임이기도
한 언니는 편순이 생활은 수입이 생긴다는 장점과 그 밖의 무수
한 단점으로 이루어져 있고 자신은 이번에 'C 편순이'에서 'G 편
순이'로 개명하게 됐다며 킥킥 웃었다. 사장이 별로여서나 시급이
적어서가 아니라 시간을 잘 활용하기 위해 학원 근처로 일터를 옮
기는 것뿐이니 혹시라도 이직에 대해 오해하지 말라는 말도 덧붙
였지만, 무슨 그런 말씀을! 수능을 몇 달 앞둔 고3이 여름 방학에
알바를 구하는 사정에 대해 묻지 않는 것만으로도 세아는 충분히
감사했다. 하긴 13평 빌라에서 결혼 안 한 사십 대 고모와 함께 사

는 것만으로도 묻지 못할 사연이 충분해 보이긴 했겠지만.

상품 전시와 매대 정리, 포스 단말기 사용에 대해 가르쳐 주던 언니는 깜빡할 뻔했다는 듯이 편순이 생활의 꿀재미가 '폐기'라며 막 유통 기한이 지난 커피우유 하나를 세아에게 건넸다. 점포마다 다르긴 한데 여기 사장님은 폐기에 대해 몹시 너그러우니 집에 가져가도 된다는 정보도 알려 줬다. 잊을 수 없는 첫날의 인상 때문인지 쌉쌀하고 달콤한 커피우유는 훗날 편순이 생활에 큰 위로가 되었다. 물론 폐기로 나왔을 때에 한해서만 그랬다.

"어쨌든 알바는 알바야. 그러니까 너무 오래 할 생각은 말고, 딱 저거 먹을 때까지만 해."

언니의 손가락이 가리킨 건 '아라비아타치즈스파게티'였다. 우유, 햄버거, 핫도그, 치킨, 족발 등 거의 모든 종류의 폐기를 골고루 먹었지만 일 년 반의 편순이 생활 동안 한 번도 먹어 보지 못했다는 애증의 상품이란다. 언니 말대로 그건 C 편의점의 인기 메뉴라 채워 놓는 족족 빠지기 일쑤였고 돈을 주고도 사 먹기 어려웠다.

그런데 말도 안 되게 세아의 편순이 생활 십오 일 만에 기적이 일어났다. 유난히 점심 도시락 손님이 많았던 날이라 기대도 안 했는데 비어 있는 김밥과 도시락 자리 옆에 아라비아타치즈스파게티가 남아 있었다. 그것도 유통 기한이 삼십 분밖에 지나지 않은 따끈따끈한 폐기로. 물밀듯이 밀려들던 손님도 뜸해진 시간이라 얼른 렌즈에 돌려 먹어 봤다. 매콤한 토마토소스에 5천 원이 넘는 가격답게 듬뿍 뿌려진 치즈가 어우러져 맛이 기가 막혔다. 한참 먹다가 언니 생각이 나 카톡을 보냈다.

어떡해!

절반쯤 남은 스파게티 사진을 찍어 이제 편순이 생활 그만둬야 겠다고 다시 카톡을 보낼 참이었다. 그런데 세아가 사진을 전송하기도 전에 언니 답이 먼저 도착했다.

들었어, 현지한테.

갑자기 웬 현지? 이 언니 또 졸았구먼. 학교 때려치우고 공무원 시험 칠 거라고, 요즘 얼굴이 해쓱해지도록 공부만 한다더니 졸다가 카톡을 했구나 싶었다. 오늘 폐기로 나온 커피우유는 피곤에 절어 사는 고시생에게 넘겨야겠네 하는데 언니에게서 카톡이 또 왔다.

임 선생 복직한다며.

현지는 언니의 세 살 아래 동생이고, 세아에겐 같은 학교 일 년 후배였다. 그 애는 어디서 이런 소문을 들었을까. 그제 빌라 문 앞에서 마주쳤을 때 고개를 외로 돌리며 인사했던 것도 내가 불편해서 그랬던 건가…….

괜찮아?

괜찮냐고? 그럴 리가……. 이미 소름이 돋았다. 아무 내색도 안 하더니 이 언니 다 알고 있었어. 하긴 자신의 모교를 떠들썩하게 만들었던 사건인데 모를 리가 없지. 갑자기 온몸이 견딜 수 없이 가려웠다. 지진이 일어나기 전 개미들은 떼를 지어 이동한다던데……. 금이 가기 시작한 심연에서 탈출한 개미들이 온몸을 기어다니는 것 같아 세아는 날카로운 손톱으로 긁고 또 긁었다.

그날은 금요일이었다. 기말고사를 보름 앞둔 시기였고 동아리 활동을 하는 날이라 방과 후 수업이 없던 날이었다. 세아가 그날을 정확하게 기억하는 이유는 몹시 개인적인 이유 때문이었다. 아빠에게서 받아야 할 생활비와 용돈이 그날까지 오지 않은 것이다. 밀린 급식비를 입금하고 나자 수중엔 정말 5천 원도 남지 않았는데 아빠는 일주일 뒤에나 돈이 마련된다며 미안해했다. 햇반도 컵라면도 떨어지기 직전이었지만 그보다 더 급한 건 생리대였다. 쫓기는 와중에 딸 얼굴이라도 보고 가려고 몰래 들른 엄마를 귀신같이 찾아내던 빚쟁이들처럼 생리도 세아의 심리 상태를 날카롭게 알아차렸다. 스트레스 때문인지 생리가 예정일보다 빨리 시작됐다. 아, 씨! 자연스러운 신체 현상도 가난 앞에서는 욕지거리가 되는 법이다. 세아 방 책상 서랍에 남은 생리대는 겨우 세 개뿐이었다. 치사하지만 고모 걸 몇 개 훔쳐 쓸까 했는데 욕실 장에 있는 고모의 생리대도 채 열 개가 되지 않았다.

"아까워서 하는 말은 아닌데, 꼭 필요할 때 없으면 얼마나 짜증 나는지 알아?"

눈치 없이 꺼내 쓰다가 한 소리 들은 뒤로는 절대로 고모 걸 건드리지 않았다. 방세도 내지 않고 얹혀사는 조카를 고모는 노골적으로 성가셔했다. 어린 시절부터 애틋한 남매간도 아니었던 데다 생활비 한 푼 못 보태는 처지라 아빠도 고모의 눈치를 많이 봤다. 혼자서 조카 데리고 이 년 살았으면 많이 참은 거지. 쟤가 성질은 지랄 맞아도 의리는 있어. 절대로 널 내쫓진 않을 테니까 걱정 마. 아빠 말대로 내쫓기진 않았을지언정 지랄 맞은 성격을 매일 보고 사는 것도 끔찍했다. 세아는 망설이다가 두 눈 꼭 감고 고모의 생리대 두 개를 집어 들었다. 다음 주면 돈을 보낸다 했으니까 주말만 넘기면 되는데…… 혼잣말하던 세아는 교실 사물함 안에 있는 생리대가 생각났고 다시 학교로 향했다.

대입 수시 전형의 필수 스펙이 되면서 인기 있는 동아리는 언제나 일찍 마감됐지만 세아가 속한 도서부는 그런 열기와는 전혀 상관이 없었다. 인기 동아리에서 밀려난 아이들과 어떤 전공이든 크게 관계없으니 생활 기록부에 적혀도 나쁘지 않겠다고 판단한 아이들이 들어오는 곳이었다. 뜨뜻미지근한 지원 동기처럼 동아리 활동도 비슷했다. 읽은 책 몇 권 적어 내면 할 일이 없었고 담당 선생님도 대충 검사하고 일찍 보내 주곤 했다. 세아가 다시 학교로 들어가면서 보니 동아리 중에 제일 늦게 끝나기로 유명한 '요리과학부'가 1층 과학실에서 마무리 정리를 하고 있었다. 누가 볼까 급하게 발길을 옮긴 세아는 얼른 4층 교실로 가서 사물함을 열고 파우치를 꺼냈다. 혹시 몰라 준비해 둔 생리대였다. 생리대를 꺼내는데 왈칵 눈물이 터졌다. 이렇게까지 살아야 하나……. 수치스럽고 비참했다.

교복 재킷 주머니에 파우치를 쑤셔 넣었다. 조금 불룩했지만 많이 티 나진 않았다. 그냥 나갈까 하다가 국어 문제집도 한 권 챙겼다. 누가 물어보면 문제집을 가지러 왔다고 해야지, 대답까지 준비했다.

4층 계단을 내려가는데 쿵, 문소리가 들렸다. 뭐지? 요리과학부 동아리가 지금 끝났나? 미닫이 문소리가 저렇게 컸던가? 세아 입장에서도 누굴 만나는 건 반갑지 않은 터라 걸음을 천천히 했는데 2층 진학 상담실 앞에 임 선생이 서 있었다. 쿵, 소리의 반동 탓인지 진학 상담실 문은 반쯤 열린 채였고 뭔가 단단히 화난 것처럼 임 선생 얼굴이 상기되어 있었다. 임 선생은 성격이 다혈질이고 그래서 교사들 사이에서도 적이 많다 들었다. 지난번에도 교문 앞에서 등교를 지도하는 학생 주임에게 대놓고 한 소리 했다.

"살살 하세요. 쟤들이 지금 아니면 언제 말썽 피우겠습니까?"

그러고는 허허 웃으며 지나가는데 학생 주임 얼굴이 잠깐 일그러지던 걸 세아도 보았다. 저만 교육자인 척하네, 뭐 그런 표정이랄까. 교육자인 척까진 아니더라도 임 선생은 솔직했다. 학교 역사상 최고의 수능 성적을 냈던 선배가 언젠가 학원 숙제 문제를 물어보러 갔을 때 임 선생이 남긴 말은 아직도 회자됐다.

"와, 이건 진짜 모르겠다. 내일까지 선생님이 공부해서 풀어 올까? 아님 강 선생님한테 가서 물어볼래? 그 선생님이 나보다 훨씬 실력이 좋아."

문제 풀이에는 약할지 몰라도 임 선생은 입시 정보에 빠삭하고 촉이 좋은 걸로 유명했다. 임 선생이 진학 부장을 맡은 뒤로 서울권 대학 진학률이 꽤 좋아졌다 들었다. 육 년째 같은 자리를 지키는 것도 그 이유라 했다.

그나저나 무슨 일일까. 임 선생을 보는 세아의 입가가 살짝 벌어졌다. 임 선생은 세아의 1학년 때 담임이었고 세아가 믿는 몇 안 되는 '어른'이었다. 허세 없고 솔직하고 어른인 척 안 하는 어른. 임 선생이 묻기도 전에 세아는 문제집을 들어 올렸다. 좀 전에 울었으니 눈은 빨개져 있을 테고 생리대가 든 파우치 때문에 불룩한 주머니가 신경 쓰여 얼른 자리를 뜨고 싶었는데 임 선생이 잡았다.

"이 녀석 보게. 그냥 가려고? 머리 좋아지는 허브티 한 잔 줄게."

진학 상담실은 상담 테이블이 있는 공간과 차를 준비할 수 있는 탕비실이 가벽으로 나뉘어 있었다. 둥굴레차가 머리를 좋아지게 하는지는 모르겠지만 조금 전까지 비참했던 감정만은 많이 누그러졌다.

임 선생은 대부분의 어른들이 학생들에게 궁금해하는 질문을 던졌다. 공부는 잘되는지, 학교생활은 어떤지. 세아 역시 대부분의 학생들이 하는 대로 그럭저럭이라고 대답했다. 문득 임 선생이 조심스럽게 아빠에 대해 물었다.

"아직 지방에서 일하시니? 생활비는 잘 오고?"

엄마가 짊어진 빚과 그 후 벌어진 부모의 이혼은 물론 건축 시공 일로 지방을 떠돌아다니는 아빠 직업의 특수성까지, 임 선생은 모르는 것이 없었다. 입학식이 끝난 3월 말 고모 집으로 들어오면서 전학을 왔기에 눈에 띌 수밖에 없는 처지였지만 세아는 누구에게도 자기 얘기를 하고 싶지 않았다. 담임이던 임 선생이 다정하고 세심하게 신경 써 주었기에 구구절절 사연을 털어놓을 수 있었다.

"너만 그렇게 살 것 같지? 그렇지 않아. 너보다 못한 사람도 많으니까 아래를 보고 살아라, 이 소리가 아니야. 혼자만 비극의 주인공처럼 고민하고 괴로워하진 말란 말이야. 누구에게나 인생에 혹독한 시기는 있는 법이니까."

작년에도 이 자리였다. 메밀차가 분명한데도 기운이 나는 허브

티라며 세아 앞으로 머그잔을 내밀고 어깨를 두드려 주던 임 선생의 손길이 한동안 잊히지 않았다. 차를 마시는 동안 정말로 조금씩 기운이 났으니까. 뒤늦게 전학 와 겉도는 세아를 임 선생은 격려하고 응원해 줬다.

그때와 하나도 달라지지 않은 상황. 그의 걱정을 잠재우는 희망찬 대답은 할 수 없었다. 세아가 우물쭈물거리자 임 선생이 화제를 바꿨다.

"잠깐, 교지 편집실에서 프로필 사진을 달라고 했는데 한 장 찍어 줄래?"

임 선생은 의자에 앉아 『대학으로 가는 길』이라는 잡지를 읽고 있는 자신의 모습을 찍어 달라 했다. 고작 핸드폰 카메라 촬영인데도 옷매무새를 가다듬고 잡지를 펼쳐 든 임 선생의 표정은 어딘가 어색했다.

"선생님, 이거 너무 설정 샷 아니에요?"

"인마, 원래 인생 자체가 설정이야."

세아가 긴장을 풀어 주기 위해 농담을 던지자 임 선생이 웃으며 받았다. 사진을 두어 장 찍었을 때 임 선생을 찾는 전화벨이 울려서 세아는 진학 상담실을 나왔다. 그뿐이었다. 세아가 그곳에 머문 시간은 고작 십오 분 내외였다. 머리가 좋아지는 차 한 잔을 다 못 마실 만큼 짧은 시간. 그 일이 그렇게 뜨거운 주목을 받는 사건이 될 줄 당시의 세아는 짐작도 하지 못했다.

불운하고 불행한 모든 징후들은 티브이 한편의 조연 배우처럼 눈에 띄지 않게 숨어 있다가 누구도 예상 못 한 순간에 나타나 주인공의 뒤통수를 친다. 화려한 조명을 받던 주인공이 쓰라린 눈물을 흘릴 때에서야 비로소 자신의 존재감을 드러낸다. 그런 면에서 엄마는 정확하게 불행의 속성을 알았나 보다. 어떻게 된 건지 설명 좀 해 보라는 아빠의 다그침에 이렇게 말했으니까.

"이렇게까지 될 줄은 정말 몰랐어."

엄마의 삶 언저리에서 호시탐탐 덮칠 기회를 엿보던 불행의 징후를 엄마는 정말 몰랐을까? 어쩌면 모두의 안일함이 징후를 포착할 수많은 기회를 놓쳤던 건지도 모르겠다. 불행은 나태하거나 부도덕하거나 오만한 누군가를 표적으로 삼아 찾아온다고 믿었으니까. 그래서 홈쇼핑에서 4만 9천 원짜리 5종 티셔츠를 사 입고, 재래시장에서 욕먹기 직전까지 값을 깎으며 지나치다 싶을 만큼 아끼고 사는 엄마에게 불행 따윈 찾아오지 않을 거라 믿었고, 잦은 빈도로 걸려 오는 외삼촌의 국제 전화 또한 아무도 이상하게 생각하지 않았다.

러시아에 살며 한국에서 고철을 수입하는 사업을 했던 외삼촌은 미국으로 두 딸을 유학 보낼 만큼 경제적으로 여유가 있었다. 자신은 언제든 아이들을 보러 미국에 갈 수 있기에 기러기가 아닌 독수리 아빠라 말했고 그 말을 입증하듯 씀씀이도 컸다. 가끔 보는 세아에게도 큰 액수의 용돈을 척척 주었고, 옷이 그게 뭐냐며 제대로 된 것 좀 사 입으라고, 한국 돈이 없어서 미안하다며 지갑을 열어 달러 뭉텅이를 엄마 손에 덥석 쥐여 주기도 했다. 세아를 비롯한 모든 친인척들에게 외삼촌은 말도 안 통하는 이국에서 온갖 어려움을 이겨 내고 성공한 인물이었다. 그 누구도 외삼촌이 고철을 이용해 어떤 사업을 하고 얼마만큼의 수익을 내는지 알지 못했음에도 그렇게 믿었다.

엄마가 처음 외삼촌에게 건넨 돈은 5천만 원이었다. 담쟁이덩굴이 휘감긴 2층짜리 벽돌 주택과 시립 체육관 규모에 돔형 지붕이 올려진 직사각형 공장 건물 중 하나만 담보 잡아도 마련되는 돈이지만 아무래도 이곳에서 자신은 외국인이라 대출이 쉽지 않다는 외삼촌의 하소연을 듣고 난 후였다. 블라디보스토크의 부동산 가격도 알지 못하면서, 외삼촌이 보여 준 두 장의 사진을 본 게 전부였음에도 선뜻 돈을 보낸 건 혈육에 대한 믿음도 있었지만 이자의 유혹이 더 컸다. 외삼촌은 채 일 년이 안 돼 원금보다도 큰 이자를 보내왔고 엄마는 처음 건넨 원금을 돌려받지 못했음에도 더 큰 금액의 돈을 투자했다. 신문이나 텔레비전 뉴스에서 익히 봐 온 사건처럼 엄마와 외삼촌의 금전 거래도 그렇게 흘러갔다. 일시적으로 자금 흐름이 막혀 이자를 주지 못한다 했을 때도 엄마는 또다시 돈을 보냈다. 막힌 변기 뚫리듯 자금이 쉽게 흐를 거라 생각했는지 너무 쉽게 아파트를 담보로 대출을 받았고, 이후에는 지인들에게서 빌렸고, 나중에는 결국 사채까지 손을 댔다. 엄마는 좌초 직전의 난파선에서 구명조끼가 아니라 방향키를 찾고 있는 어리석은 선원이었다.

잇속 밝고 알뜰한 엄마에게 돈 관리의 전권을 맡겼던 아빠는 빈털터리가 되고 나서야 사태를 파악했다. 사채 빚에서 도망치기 위해 이혼을 선택했다지만 이미 결혼 생활을 유지할 수 있는 어떤 감정도 남아 있지 않은 상태였다.

알고 보니 외삼촌은 아무런 사업도 하고 있지 않았다. 헤픈 씀씀이와 번드르르한 말솜씨와 몇 장의 사진으로 엄마를 비롯한 많은 이들에게서 돈을 빌렸고 그 돈을 미끼로 또 다른 이들에게서 돈을 빌린, 그냥 사기꾼이었다. 휴지 한 롤도 미터당 가격을 따져 사는 사람이 어떻게 실체도 없는 사업에 그 많은 돈을 처넣었냐는 아빠의 말에 엄마는 딱 한마디만 했다.

"절대로 거짓말할 애가 아니었거든."

아빠가 생활비를 보낸 날 학교에서는 한바탕 난리가 났다. 누군가 트위터에 익명으로 선생님에게 성추행당했다는 글을 올렸는데 그게 딱 세아의 학교였고 가해자는 임 선생이라는 내용이었다.

"얼마 전 주택 조합장 횡령 사건 있었던 데라면 우리 학교 뒤 아파트잖아. 그것만이라면 모르겠는데, 작년에 영화제에서 신인상을 받은 아이돌 출신 배우 P군의 모교라잖아. 「미스터리 브라더스」로 신인상 탄 박지후가 팔 년 선배라며. 게다가 2층 진학 상담실이면 빼도 박도 못하고 우리 학교지. 근데 그 학교의 진학 담당 선생이라고? 와, 임 선생 다시 보이네.”

트위터 글을 보여 주면서 하나하나 팩트 체크를 마친 친구가 소름이 돋는다며 연신 팔을 쓸어내렸다. 트위터의 짧은 글 속에서는 임 선생이 어떤 일을 했는지 나오지 않았다. 단지 성추행이라는 단어뿐. 그러나 그 파급력은 대단했다. 아이들은 성추행과 성폭행이 어떻게 다른지, 혹은 익명의 제보가 법적인 영향력을 갖는지 인터넷을 찾아보고 이야기를 나눴다. 뭐라 해도 아이들이 제일 많이 궁금해한 건 피해자의 정체였다. 현재 임 선생이 담임을 맡은 1학년 5반 여자 아이들 열여섯 명이 후보로 떠올랐다. 그중에서도 이놈은 남친으로, 저놈은 남사친으로 두는 이른바 어장 관리녀 J양이라는 말이 떠돌았지만 같은 반 학생에게 그렇게 대놓고 저질렀을 리는 없다는 의견이 나오면서 임 선생이 담당하는 ‘보드게임’ 동아리 소속 아이들이 새롭게 화제에 올랐다. 그러다 임 선생의 성적 지향에 대해 정확히 아는 것도 아닌데 굳이 여학생으로 한정해야 하냐는 말도 들렸고, 철저하게 익명이니 모함 아닌가 하는 소수의 의견도 있었다.

SNS의 파급력이 얼마나 무시무시한지 트위터의 글은 빠르게 퍼졌다. 임 선생의 이름이 자주 거론됐지만…… 세아는 아무래도 믿기지 않았다. 익명의 제보자에 대한 불신 내지는 무죄 추정의 원칙

같은 게 아니었다. 세아는 그냥 임 선생을 믿고 싶었다.

학교 측에서도 아무 입장 하나 내지 않기에 트위터 글은 조용히 묻히나 싶었는데 며칠 후 드디어 익명의 게시자가 나타났다. 총학생회에서 만든 페이스북에 자신을 밝히며 글을 올린 아이는 세아와 같은 2학년 신예주였다. 예주는 고민하다 글을 올린다며 6월 14일 오후 5시 진학 상담실에서 있었던 일을 자세하게 기록했다. 자신이 먼저 상담을 신청했고 정해진 시간에 임 선생을 찾아갔으며 생기부 자료를 보면서 이야기를 나누던 중 갑자기 감정이 격해져 눈물을 흘렸다고 한다. 이에 임 선생이 괜찮냐는 말과 함께 자신을 안았다고. 예주는 여기서부터가 자신이 고민했던 부분이라며 조금의 과장이나 거짓 없이 글을 쓴다는 점을 강조했다. 문장에서도 조심스러움이 느껴졌다.

2학년 올라와 성적이 계속 떨어졌고 이러다 대학 갈 수 있겠냐며 엄마한테 혼나는 일이 잦았던 터라 자존감이 바닥인 시기였어요. 그래서 선생님의 위로가 고마웠어요. 프리 허그 정도의 가벼운 포옹이었지만 저를 걱정하는 마음은 고스란히 전달되었어요. 물론 아주 잠깐 동안이에요. 이상하다 생각한 건 손의 위치 때문이었어요. 공교롭게도 속옷 라인에서 시작해 천천히 등을 쓸어내리는 선생님의 손이 갑자기 소름 끼치게 느껴졌어요.

그래도 예주는 섣부르게 행동할 수는 없어 최대한 정중하게 임 선생의 품을 벗어나기 위해 고맙습니다,라고 말했다고 한다. 그 말은 이제 그만하라는 뜻이었다고 적혀 있었다. 그런데도 임 선생은 못 알아들은 것처럼 계속 자신을 안았고 그러다 얼굴이 가까이 다가오는 것을 느끼고 너무 놀라 그를 밀치고 상담실을 뛰쳐나왔다고 했다. 예주는 두렵고 무서웠지만 혹시 자신이 오해했거나 잘못한 점이 있었는지 확인하기 위해 사건 직후 친구에게 털어놓았고 친구의 도움으로 글을 올리게 됐다며, 이는 명백한 성추행이니 사건의 재발을 위해 임 선생의 공개적 사과와 학교의 징계 처분을 요구했다. 예주의 친구 역시 실명을 밝히며 페이스북에 올린 글이 조금도 거짓이 없음을 강조했다.

　실명 공개는 물론 정확한 날짜와 시간, 거기에 자신이 겪은 일과 그때의 감정까지, 세아가 보기에도 예주의 글에 거짓은 없어 보였다. 그런데 그 가해자가 임 선생이라는 사실이 아무래도 글의 진위를 의심스럽게 만들었다.

　성추행 사건으로 학교는 시끄러웠다. 학교 측에서는 그런 만남 자체가 없었다는 임 선생의 항변을 강조했지만 들불처럼 번지는 소문을 막을 길은 없었다. 예주의 글에 달린 댓글도 하나같이 임 선생에게 불리한 내용이었다. 평소에도 여학생들과 스킨십이 잦았고, 학교 밖에서 스키니 진을 입고 마주쳤을 때 위아래로 훑어보는 시선이 기분 나빴다고, 졸업한 선배들도 임 선생 조심하라는 얘기를 많이 했다고, 유독 예쁜 여자애들에게만 친절했다고⋯⋯. 예뻐지는 차, 살 빠지는 차, 혹은 남친이 생기는 차를 마시라고 할 때는 작업 멘트 같았다는 글도 있었다. 그런 차라면 나도 마셨는데. 하지만 세아는 단 한 번도 임 선생에게서 불쾌한 느낌을 받은 적이 없었다.

혹시 내가 눈치 없이 둔한 건가 냉정하게 생각해도 임 선생을 의심할 수는 없었다. 세아는 자신의 의견을 말하고 싶었지만 어쩐지 용기가 나지 않았다. 드물게 임 선생을 옹호하는 글도 보이긴 했다. 학생이랑 차 한잔 마시는 걸 가지고 너무 뻐딱하게 생각하는 거 아니냐고. 댓글을 단 남학생은 피해자의 느낀 바와 진술이 제일 중요하다는 성추행 사건의 해결 원칙도 모르면서 나서지 말라는 비난을 받았다. 세아는 용감하게 소신을 밝힌 남학생이 고마웠다.

댓글이 기폭제가 됐을까. 성추행 사건은 점점 남녀 대결의 양상으로 변질됐다. 예주가 평소에도 화장을 진하게 하고 향수도 뿌리고 다녔다고, 그건 노골적으로 남자를 유혹하는 거 아니냐고 말하는 남학생들도 꽤 있었고 그 소리를 들은 여학생들이 외모를 가꾸는 게 어째서 남자를 꼬시는 거냐고, 21세기에도 그런 지질한 생각을 하냐고 소리 높여 싸우기도 했다. 기말고사가 코앞인데 누구도 시험 얘기는 하지 않고 성추행 사건에 대해서만 떠들었다.

침묵으로 일관하던 임 선생이 결국 학교 홈페이지에 입장을 밝혔다. 하지만 그건 사과문이 아니었다. 임 선생이 올린 건 짧은 CCTV 영상이었다. CCTV가 비춘 곳은 파스나 밴드, 압박 붕대, 마스크 같은 자질구레한 상품을 늘어놓은 약국 안 진열대 주변이었다. 유리문에 쓰인 이름을 보지 않더라도 눈에 익은 곳이었다. 정문 앞, 평안약국. 세아도 몇 번 이용했던 곳이라 진열대 위의 'CCTV 촬영 중'이라는 문구를 보면서 이런 걸 붙여 놓는다고 절도가 예방되나 궁금해했던 기억도 있다. 영상은 진열대 주변은 물론, 유리창 너머 거리도 비추고 있었다. 잠시 후 약국 앞을 지나가는 예주가 보였다. 짧은 영상이었지만 임 선생은 효과적으로 자신의 무고함을 입증했다. 영상에 예주가 찍힌 시간은 '오후 4시 58분'이었다.

5시에 상담실에 있었다는 애가 운동장을 거쳐 약국을 지나간 게 그 시간이라면 사건 자체가 성립될 수 없다는 확실한 방증이었다. 교감은 '더 이상 불필요한 오해와 소모적인 논쟁을 그만두자'는 글을 올렸지만 일이 그렇게 쉽게 끝나진 않았다. 임 선생을 욕했던 아이들이 이번에는 예주에게 비난의 화살을 돌렸다. 무슨 마음으로 임 선생을 음해했는지, 왜 전교생을 상대로 사기 행각을 벌였는지 납득할 수 있는 답을 달라고 요구했다.

세아는 짧은 영상을 질리도록 여러 번 봤다. 임 선생이 누명을 벗어 다행이라는 생각이 들면서도 영상 속 예주의 모습은 어쩐지 심상치 않아 보였다. 화질이 선명하지 않고 예주를 잘 알지도 못하지만 어쩐지 그 애의 표정이 유난히 어두운 것 같고 어깨가 처져 있는 것 같았다. 정말로 무슨 일이 있었던 건가 싶을 만큼.

예주는 다시 글을 올렸다. 자신이 시간을 착각했을 수도 있음을 인정했다.

CCTV의 시간이 조작되지 않았다면 제가 착각한 것 같습니다. 말을 바꾼다고 비난을 해도 어쩔 수 없어요. 그때 임 선생을 밀치고 나오면서 상담실 벽에 걸린 시계를 봤어요. 그 정신없는 와중에 그걸 봤다고? 누구라도 의심할 법한 상황이지만 저는 그랬어요. 어쩌면 이일을 꼭 밝히리라 하는 무의식이 시킨 행동인지도 모르겠네요. 아무튼 그때 제가 본 시간은 5시였어요. 너무 놀랐고 눈물이 앞을 가린 상태라 그마저도 확신할 수는 없지만요. 주머니 속에 있는 핸드폰으로 시간 확인만 했어도 좋았을 텐데 후회가 밀려오네요.

또 사람들이 문제 삼는 게 어떤 건지도 잘 알아요. 결국 가벼운 포옹 한 번이 전부 아니냐, 그게 그렇게 유난 떨 일이냐……. 결과적으론 그렇지만 그때 그곳을 나오지 않았다면 감당할 수 없는 더 큰 문제가 생겼을 거라고, 아직까지도 제 판단이 옳았다고 믿어요.

그 후 영상에 나온 것처럼 집에 가다가 뒤늦게 면학실에 두고 온 가방이 생각났고 후문으로 들어가 가방을 챙겨 나왔어요. 핸드폰을 켜본 건 그러고도 한참 후였으니 저는 사건이 일어난 정확한 시간을 알지 못합니다. 하지만 맹세컨대 저는 거짓말을 하지 않았어요. 진실처

럼 꾸몄다고 거짓이 진실이 될 수는 없어요. 저는 논리 정연한 거짓이
아닌 볼품없고 초라한 진실의 편에 서고 싶습니다.

볼품없고 초라한 건…… 진실이 아니라 예주였다. 길 가다 어깨
한번 부딪쳐도 고소하겠네, 그렇게 스킨십이 두려운 애가 남친은
어떻게 사귀었냐. 조롱하는 댓글은 늘어만 갔다. 괜히 분란을 일으
켜 면학 분위기를 망쳤다고 분통을 터뜨리는 학부모도 많았다.

영상을 여러 번 본 세아는 생각하고 또 생각했다. 가방도 메지 않
았는데 저 애의 어깨는 왜 저렇게 무거워 보일까, 얼마나 크고 무
거운 상처와 고민을 가지고 있기에 그럴까? 세아가 눈치챈 사실이
아이들에게는 보이지 않는 걸까? 정확하게 팩트를 내보인 임 선생
앞에 예주의 변명은 뒤늦었고 대세는 이미 기울어진 상태였다.

임 선생의 연락을 받은 건 기말고사 삼 일 전이었다. 성추행 스
캔들로 가뜩이나 민감한 시기에 그곳으로 부르다니! 임 선생을 믿
었지만 한편으로는 찜찜함을 감출 수 없었다.

"선생님 좀 도와주라. 지난번에 여기서 사진 찍은 거 기억나지?
그 사진 아직 안 지웠지?"

설정 샷이라 놀렸던 사진. 그때까지 세아는 예주가 말한 사건 발
생 일이 자신이 임 선생과 차를 마신 날과 같다는 걸 까맣게 모르
고 있었다. 그건 아마도 그날의 비참했던 현실을 잊어버리려는 망

각의 힘이었을지도 모르겠다. 기억에 없었으니 당연히 그날 찍은 사진도 그대로 남아 있었다. 사진의 상세 정보를 누르자 찍힌 시각이 나왔다. 6월 14일 금요일 오후 5시 4분. 임 선생은 그 사진과 사진의 상세 정보를 캡처해 바로 학교 홈페이지에 올렸고 사건은 예주의 일방적 패배로 막을 내렸다.

아빠는 실체가 없는 건 믿지 말라고 했다. 그건 땅을 다지고 기둥을 세우고 외벽을 두르고, 창을 내고 각종 배관들을 놓으며 한 층씩 올라가는 건물의 실체를 보면서 살아온 아빠의 가치관이었다. 늘어나는 기둥과 넓어지는 벽이, 높아지는 층수가 아빠의 수입이고 시간이고 인생이었다. 직업 탓인지 모르겠지만 아빠는 보고 만질 수 있는 것들에만 마음을 놓는 사람이었고 복권이나 주식 혹은 사상이니 철학 같은 실체 없는 것들은 철저히 관심 밖이었다. 그래서 엄마가 실체도 없는 외삼촌 사업에 돈을 덥석 투자했다는 사실을 믿을 수 없었고 용서는 더더욱 할 수 없었다.
핸드폰에 남아 있는 사진은 눈으로 볼 수 있는 실체였고 명백한 증거였다. 실체였기 때문에 믿었고 공개하겠다는 임 선생의 말에 동의했지만 세아 역시 만만찮은 후폭풍을 겪어야 했다. 임 선생이 담임일 때 외부 장학금 추천서를 써 줬으니 알리바이 조작에 동원됐을 것이다 하는 소문은 앞의 절반만 맞았고, 평소 세아가 임 선생을 짝사랑했으니 자신보다 예쁜 아이와 스캔들이 난 것에 질투를 느껴 사진을 조작해 예주를 엿 먹였다는 소문은 하나도 안 맞고 황당하기만 했다.

겨우 사진 한 장 제공한 걸로 온갖 루머에 휩싸이는데 스캔들 당사자인 예주는 어땠을까 싶었다. 아직도 자신을 볼품없고 초라하게 만든, 혼자만 믿는 진실의 편에 서고 싶을까……. 아니, 정말 예주가 말한 진실이 존재하기는 한 걸까……. 가끔씩 CCTV 영상 속 예주의 처진 어깨가 떠오르곤 했다.

예주가 전학 갈 거란 소문이 파다하게 돌았지만 정작 학교를 떠난 사람은 임 선생이었다. 예주가 페이스북에 글을 올린 지 이 주일 만이었다. 비록 해프닝으로 끝났지만 제자와의 추문이 몹시 수치스럽고 지금이라도 자신의 행동을 돌아보면서 수양을 하겠다는 이유라고 들었다. 사직서를 냈지만 반려됐고 그 대신 휴직계로 처리됐다는 것도 아이들의 입으로 떠돌았지만 확실하진 않았다.

아빠는 두께, 넓이, 비율, 수평, 하중을 정확하게 측량해 건물을 지어도 어딘가는 꼭 금이 가고 물이 새고 부서지는 하자가 발생한다고 했다. 완벽한 건축물은 존재할 수 없다고, 하자를 보수하며 살아가는 게 인생이라고 말했다. 부실시공의 원흉인 엄마 때문에 하자가 생겼지만 우리 집도 반드시 공사를 통해 보수하겠다는 '웃픈' 문자를 세아에게 보내기도 했다.

세아가 믿었던 진실은 어떤 하자가 있었을까? 임 선생이 떠난 여름 방학에 종결된 줄 알았던 사건은 여전히 현재 진행형이었다. 페이스북에 글 하나가 또 올라왔다. 누군가 임 선생을 존경하고 따랐던 학생이었다는 걸 먼저 밝히면서 그의 독특한 생활 습관을 몇 가지 소개했다. 그는 커피보다 차를 좋아해서 진학 상담실에 여러 종류의 티백이 있었고, 환경 문제에 관심이 많아 종이컵 사용을 하지 않았으며 탕비실에는 머그잔만 있었다고. 하지만 같은 이유로 세제 사용 또한 자제했기 때문에 머그잔을 쓰면서도 항상 찝찝했다고 밝혔다. 글 속에서처럼 임 선생은 실제로 아이들이 마신 컵을 그냥 물로 휘휘 씻어 엎어 놓았다.

"고춧가루가 묻어 있기를 해 기름이 껴 있기를 해, 왜 굳이 세제를 써. 염려 마셔. 가끔씩은 퐁퐁으로 빡빡 닦으니까."

그리고 또 하나의 습관을 소개했다. 그는 시간 엄수에도 철저했다고, 혹시라도 수업에 늦을까 진학 상담실 시계를 십 분에서 십오 분가량 빠르게 맞춰 놓았다는 말을 한 적이 있다고.

네, 맞아요. 이 역시 증거가 없어요. 사건 후에 상담실에 갔을 때 벽에 걸린 시계는 핸드폰의 표준 시간과 같았으니까요. 하지만 어쩌면 예주 선배가 말한 시간과 CCTV 영상 속 시간, 증거가 된 핸드폰 사진 속 시간이 다를 수 있다는 문제점을 제기하고 싶었어요. 명백한 증거가 논리정연한 거짓일 수도 있다는 걸 한 번쯤은 말하고 싶었어요.

예주를 지지한다기보다는 세아를 저격하는 글이었고 쓴 사람은 옆집 현지였다. 글을 읽고 세아는 깜짝 놀랐다. 시계 얘기는 몰랐지만 티백과 컵에 대한 건 세아도 아는 사실이었다. 참과 거짓이 섞인 문장이라면 대단히 잘 쓴 글이었고 만약 앞뒤 모두 참이라면 세아가 믿는 진실이 두 사람의 말처럼 논리정연한 거짓일 수 있었다. 그건 세아가 한 번도 생각해 보지 못한 가능성이었다.

201호, 202호로 현관문을 마주 보며 살았지만 세아는 현지와 친하지 않았다. 언니와는 더러 이야기를 나누었지만 현지와는 오다가다 눈인사만 하는 정도였기에 왜 그런 글을 썼냐고 물어보기도 멋쩍었다. 진학 상담실 시계가 십 분쯤 빠른 걸 자기도 본 적 있다는 애매한 댓글 몇 개가 달렸지만 주목을 받진 못했다. 아이들은 끝난 사건에 대해 또다시 불이 붙고 타오르는 걸 반기지 않았고, 무엇보다 글을 쓴 현지가 예주와 같은 동아리 선후배로 친한 사이라는 게 글의 진실성을 떨어뜨린다고 믿었다. 세아 역시 실체 없는 의문점에 대해 길게 고민하고 싶지 않았다. 다만 마냥 허무맹랑한 이야기는 아니라는 사실이 내내 마음에 걸렸다.

임 선생이 없는 학교는 어쩐지 허전했지만 시간은 빠르게 흘렀고 세아 역시 담담한 마음으로 진학 상담실 앞을 지나다닐 수 있게 되었다. 그러다 아빠가 보낸 생활비를 찾으러 간 현금 인출기 앞에서 예주를 만났다. 학교 복도에서 오다가다 보긴 했어도 정면으로 마주친 건 처음이었다. 띠링, 수시로 대기 번호가 울리는 소란한 은행에서 예주는 몇 번이나 손톱을 깨물었다.

곤란하거나 당황할 때 나오는 습관이겠지. 그러니까 예주는 나를 만난 것이 불편하구나. 세아가 막연히 짐작하고 있을 때 결심을 끝냈다는 듯 예주가 말을 꺼냈다.

"아직도 사진이 남아 있다면 좀 볼 수 있니?"

그러면서 의심하는 건 아니야, 라고 다급하게 덧붙였다.

거리낄 것이 없기에 세아는 핸드폰을 열어 예주에게 보여 주었다. 무슨 조작이라도 없는지 예주는 사진의 상세 정보를 꼼꼼히 확인했다.

"동아리 활동도 일찍 끝났는데 왜 그때까지 학교에 남아 있던 거야? 너 도서부 맞지?"

의심하는 건 아니라더니 세아에 대해 자기 나름대로 알아본 모양이었다. 기분이 확 상했다. 세아는 그날의 기억이 또렷했지만 비참했던 상황을 구구절절 설명하고 싶지는 않아서 놓고 간 문제집을 가지러 다시 왔던 거라고 대답했다.

"그럼 임 선생을 만난 건 정말 우연이었네?"

"응."

진실을 입증해야 하는 건 내가 아니라 너야. 세아는 다그치듯 묻는 예주가 얄미워 고개까지 끄덕이며 말했다.

세아는 보일 수 있는 진실을 다 보여 주었고 예주는 몹시 실망한 표정이었다.

"곤란하게 만들어서 미안해."

먼저 가겠다며 일어서더니 예주는 입술을 잘근 깨물었다 풀었다. 뭔가 하고 싶은 말을 참고 있는 것처럼 보였지만 끝내 아무 말도 없이 자리를 떠났다.

CCTV 속 모습처럼 축 처진 어깨로 나가는 예주의 뒷모습을 지켜보면서 세아는 환청을 들었다. 쾅! 그날 4층 복도에서 들었던 문소리. 1층 요리과학부가 끝났나 보다 했다가 반쯤 열린 2층 진학 상담실 문을 보고 저기였구나 했었다. 그 말도 안 되는 추정이 왜 예주의 뒷모습을 보면서 떠올랐을까. 그러자 잊고 있던 임 선생의 행동 하나가 더 생각났다. 머리가 좋아지는 차를 마시자고 했던 임 선생이 상담실로 들어가려다 멈칫했다.

"이크, 기밀 자료가 잔뜩이네."

뒤따라 들어가던 세아의 눈에도 테이블 위 서류들이 보였다. 임 선생은 잠시 진학 상담실 문을 닫았고 세아는 복도에서 뒷정리를 하는 소리를 들었다. 의자를 끄는 소리도, 그릇이 부딪치는 소리도 들은 것 같았지만 착각인지 아닌지 장담할 수 없었다. 선생님만 볼 수 있는 중요한 서류들인가 보다 대수롭지 않게 여겼는데, 그건 뭐였을까……. 문득 세아의 팔에 오소소 소름이 돋았다.

코랄핑크, 블링피치, 자두레드……. 예주의 손톱에 묻어 있던 색깔은 뭐였을까? 아까 세아는 예주가 깨물던 손톱에 희미하게 남은 틴트 자국을 물끄러미 바라보았다. 빨간색과 분홍색 중간쯤의 붉은빛……. 예주가 잘근잘근 입술을 깨물 때, 저 틴트는 촉촉하고 발색력이 좋구나 문득 생각했었다.

　분명 그 입술 색깔을 본 적이 있었다. 그날 임 선생이 머리가 좋아지는 차를 줬을 때, 방금 씻어서 물기가 떨어지는 머그잔에 희미하게 남아 있던 입술 자국. 세제 좀 쓰시지……. 군소리를 삼키고 임 선생 모르게 손으로 쓱 닦아 냈을 때 빨간색과 분홍색의 중간쯤 되는 붉은빛이 세아의 엄지손가락에 묻어났었다. 고민을 덜어 주는 차, 가끔은 뻔뻔해지는 차, 흑역사를 지워 주는 차……. 누가 언제 이 차를 마셨을까. 틴트는 누구 입술에 묻어 있던 걸까. 끈적하게 흔적을 남긴 이 틴트의 색깔 명은 무엇일까 잠깐 궁금했었다. 코랄핑크, 블링피치, 자두레드…….

　에어컨의 찬바람에 세아는 팔을 쓸어내렸다. 그리고 세차게 고개를 흔들었다. 방금 전 세아의 머릿속을 휘몰아친 생각은 다 자라지도 못한 나무를 뒤흔드는 바람처럼 실체 없는 것이었다. 핸드폰에 남아 있는 굳건한 증거를 절대로 이길 수 없는 허구일 뿐이지만…… 누구에게도 말할 수 없는 비밀을 간직한 세아는 줄곧 춥고 외로웠다.

　세아의 책상 위에는 볼록한 목각 인형이 세워져 있다. 인형 안에 작은 인형이 있고 그 안에 더 작은 인형이 숨어 있는 마트료시카.

외삼촌의 정체가 탄로 난 뒤 엄마는 인형을 전부 꺼내 세워 놓고는 깊은 한숨을 쉬었다. 그러면서 처음부터 끝까지 거짓말만 하는 사람은 없다고, 힘들어서라도 그렇게 할 수는 없다고, 마지막에 들어 있는 제일 작은 인형을 쓰다듬으며 외삼촌 말에도 어디쯤엔 진실이 숨어 있을 거라 말했다.

"외삼촌 말 중에서 도대체 뭐가 진실인데?"

"엄마 돈 갚겠다는 말. 그건 믿어야지."

엄마는 어떤 모습을 봤기에 외삼촌을 그렇게 믿었을까. 제일 작은 인형이 엄마만 아는 외삼촌의 진심이었을까. 마트료시카를 볼 때마다 세아는 사람의 진심은 어디쯤 숨어 있는 걸까 의문이 들었다.

학교를 떠난 임 선생은 부재함으로써 자신의 존재를 입증했다. 작년 세아네 학교의 대입 결과는 역대 최악이라는 말밖에 할 수 없을 만큼 참패였다. 학교 측에서는 '여러 문제로 면학 분위기 조성이 어려웠다'는 말로 포장했지만 누가 들어도 성추문 스캔들이 원인이었음을 넌지시 밝혔다. 그 와중에 강경파 학부모들도 목소리를 높였다. 수시 결과가 엉망이라는 건 입시 전략의 실패라면서 실력 있는 입시 책임자의 부재가 제일 큰 이유라고 주장했다. 임 선생의 복직을 원하는 목소리는 학부모들에게서만 나온 게 아니었다. 대학 진학에 목을 매는 학생들도 제대로 된 입시 컨트롤 타워가 마련돼야 한다며 임 선생을 복직시켜 달라고 학교 측에 요구했다. 임 선생의 복직은 학교와 학생과 학부모의 이해관계가 맞물린 결과였다.

현지가 편의점으로 찾아온 건 뜻밖의 일이었다.

"대학 안 갈 거죠?"

건설 경기의 불황으로 아빠도 시공 일을 잃고 일용직으로 떠돌고 있었다. 하자를 보수하겠다던 아빠가 인생의 더 큰 하자를 맞닥뜨렸으니 세아의 대학 진학도 사실상 물 건너간 상태였다. 그래도 이렇게 노골적으로 묻는 건 예의가 아니었다.

"왜?"

"그럴 리는 없겠지만 혹시라도 난처한 입장이 될까 봐 걱정돼서요."

2학년 학생 대표가 된 현지는 임 선생 복직 반대를 투표에 부칠 거라 했다. 그러면 또 작년 사건이 입에 오르내릴 거고 세아 이름 또한 다시 거론될 게 불 보듯 뻔했다.

"예주는 뭐래?"

자신을 손가락질하고 비난했던 아이들을 향해 보란 듯이 독하게 공부해 성적을 올렸다는, 그런 판타지는 일어나지 않았고 예주 역시 대학 진학에서 멀어졌다는 소문을 들었다. "그렇게 설쳐 댔으니……." "무슨 배짱으로 얼굴 들고 다니나 몰라……." 뒤에서 비아냥거리는 소리를 직접 들은 적도 있었다.

"하지 말래요."

왜냐고 묻지 않았다. 현지처럼 지지해 주는 아이들도 있었지만 조롱하고 매도하는 목소리 또한 적지 않았다. 일 년이 넘는 시간 동안 예주는 지쳤을 거다.

"어디에 투표해도 언니를 원망하지 않아요. 언니가 믿는 진실과 제가 믿는 진실이 다를 뿐이니까요."

현지는 계산을 끝낸 비타민 음료를 세아에게 건네고 돌아갔다. 뒷모습인데도 현지의 어깨는 넓고 꼿꼿해 보였다. 확신에 찬 어깨는 저렇구나. 그 이유가 체격 때문만이 아님을 세아는 알고 있었다.

편순이 생활은 수입이 생긴다는 장점과 무수히 많은 단점으로 이루어져 있다는 말은 알바 기간이 길어질수록 명언으로 남았다. 반말지거리는 기본이고, 기분 나쁘게 돈을 던지거나, 버스 카드 충전을 카드로 해 달라고 떼를 쓰거나, 음식물 분리수거 수칙을 무시하고 시식대를 엉망으로 만들거나, 킥보드를 타고 매장 안을 활보하는 등 연령 불문 성별 불문 다양한 진상 손님을 만나면 당장 때려치워야지 싶었다. 행사 중인 2+1 음료수 한 병을 알바에게 건네는 고마운 손님을 만나기도 했지만…… 먹먹한 감동으로 음료수 뚜껑을 따기도 전에 다시 진상 손님이 나타나 애를 먹였다. 하지만 결국 통장에 찍히는 알바비를 보면 마음이 누그러졌다.

편의점 생활의 꿀재미라던 폐기 역시 꾸준하게 나왔다. 물론 아라비아타치즈스파게티 같은 행운의 폐기는 두 번 다시 나오지 않았다. 그래도 바나나우유, 삼각김밥, 맥반석 계란은 궁핍한 세아에게 감사한 일용할 양식이었다.

현지는 결국 임 선생 복직에 대해 공개적으로 찬반 투표를 붙였다. 아이들이 엄청 열띠게 참여할 거라 믿었는데 안타깝게도 투표율은 매우 저조했고 복직 찬성 쪽 숫자가 더 높았다. 전체 학생의 30퍼센트도 안 되는 투표율 때문에 투표 기간을 며칠 더 연장한 결과가 그랬다.

세아는 어느 쪽에도 투표하지 않았다. 다정하게 격려하고 응원했던 임 선생의 모습이 거짓이라고 느낄 수는 없었다. 다만 조르르 늘어놓은 마트료시카 인형을 볼 때면, 오래전 제일 작은 인형을 쓰다듬으며 외삼촌의 진심을 믿었던 엄마처럼 혹시 나도 안쪽에 숨어 있는 인형은 까맣게 모른 채 듬직하게 우뚝 선 제일 큰 인형만을 보면서 오해한 건 아닐까 하는 불안한 마음도 생겼다. 오늘 내가 본 진실이 내일도 모레도 여전히 유효하게 반짝일 수 있을까 회의도 들었다.

그럴 때면 세아는 핸드폰 속 사진을 들여다보았다. 상세 정보를 보지 않더라도 그건 그날의 진실이었다. 하지만 쿵, 하고 울리던 문소리와 끈적하게 묻어나던 틴트의 색깔, 축 처진 예주의 어깨 역시 진실이 아니라고 부정할 수는 없었다.

내 문제가 아니야, 선을 긋자 하면서도 붉은색 트로피컬 음료를 정리하다 보면 예주의 손톱에 남은 붉은 빛깔의 틴트가 기억나곤 했다. 소란했던 은행 의자에 앉아 세아의 말에 실망하고 자책하던 예주의 얼굴도 오래도록 잊히지 않았다. 무엇보다 볼품없고 초라해도 진실의 편에 서고 싶다는 예주의 말이 유통 기한 지난 폐기 상품들을 볼 때마다 가슴 아프게 떠올랐다.

빛나는 흔적

세계사의 잘못된 상식 하나가 그날의 운명을 결정지었다.

오스트리아 빈 시내 투어의 마지막은 슈테판 대성당이었다. 오후 6시 30분이 지났지만 서머 타임이 시행 중인 유럽의 하늘은 어두워질 기미가 없었다. 눈 밑으로 다크서클이 짙어진 현지 일일 가이드는 지칠 대로 지친 모습이었지만 목소리만큼은 카랑카랑했다.

"슈테판 성당을 빈의 상징이라 부르는데요, 장대한 크기도 한몫하지만 무엇보다 오랜 역사를 자랑하기 때문이에요. 1147년에 건설을 시작해 육십오 년이 걸려 지어졌고요, 몇 번의 화재와 전쟁을 겪으며 증개축한 상태입니다. 모차르트의 결혼식과 장례식이 치러진 곳으로도 유명한데, 한국 사람들에게 유독 널리 알려진 이유는 따로 있어요. 바로 기도발이 좋기 때문이에요. 대입 합격이나 취업 성공 기도를 이곳에서 많이 하세요.”

'기도발' 소리에 호응이 좋자 가이드는 만족한 얼굴로 성당 견학은 자유롭게 하시라며 홀가분하게 떠났다. 미사 시간도 아닌데 가이드가 말한 소문 탓인지 성당 안에는 기도를 올리는 사람들이 많았다. 하지만 양호는 신자가 아니라 시큰둥했고 점심을 이르게 먹어서인지 배가 고파 식당으로 가고 싶은 마음뿐이었다. 양호의 다급한 위장 사정에도 아랑곳없이 엄마는 다짜고짜 의자에 앉아 성호도 긋지 않고 기도를 시작했다. 엄마는 어디서건 그랬다. 약수터 오르는 길에 불안하게 쌓인 돌무더기에도 돌을 하나 더 얹었고 외갓집 가는 길에 사찰에 들러서는 양초에 꼭 불을 붙였다. 기도의 내용에 대해서는 양호도 묻지 않았다. 다만 여름 방학 보충 수업도 빠진 채 유유자적 여행 중인 고2 아들의 대입 합격 기도는 아니라는 것에 지갑에 든 45유로 전 재산을 걸 수 있다. 누군가의 명복을 비는 기도라면 또 모를까. 무아지경으로 기도하는 엄마의 입에서 바람 빠지는 소리가 들렸다. 믿습니다…….

가이드가 알려 준 맛집은 이미 사람들로 만석인 데다가 기다리는 줄도 제법 길었다. 여행 마지막 날 저녁인데 정통 바비큐 집에서 거하게 먹자는 엄마를 잡아끌며 중심가를 살짝 벗어나 골목길로 들어섰다. 여덟 시간째 밥풀 하나 구경 못한 양호의 뱃속은 아주 난리였다. 주요 상권에서 비껴 난 골목이라 음식점이 많지는 않았지만 그래도 입맛 당기는 간판을 발견했다. 이거 어때, 하며 양호가 손가락으로 가리킨 간판은 'Chingiz Khan'이었다.

"몽골 요리? 엄마는 누린내 때문에 양고기 별로."

배가 고프면 뇌의 활동도 위축된다더니 그때의 양호가 딱 그랬다. 필기체로 멋 부리며 15도 기울여 흘려 쓴 'Chingiz Khan' 간판을 가리켰을 때만 해도 보글보글 끓는 전골 요리를 떠올렸건만 엄마의 대답을 듣는 순간 누군가 가스 불을 끈 것처럼 차갑게 식어 기름이 둥둥 뜬 채 누린내를 풍기는 찌개가 생각났다. 그런 찌개라면 아무리 허기져도 절대 사양이니 옆집으로 발길을 옮기려는데 문득 이상한 느낌이 들었다. 언젠가 먹어 봤다는 기시감이랄까…….

"이거 일본 요리 아냐?"

양호의 질문이 끝나기가 무섭게 엄마가 눈살을 찌푸렸다. 아무리 운동만 했던 놈이라도 이건 상식 아니니, 하는 눈빛이었다.

"너 칭기즈 칸이 누군지 몰라?"

엄마는 칭기즈 칸이 몽골의 군주였고 그가 잘 훈련된 군사를 이끌고 전 세계의 절반 이상을 정복했으며, 그가 정복한 땅이 나폴레옹의 그것보다 넓었다는 비교까지 한 뒤에 일본 사람들이 미쳤다고 자신들을 지배했던 몽골의 수장을 요리 이름으로 쓰겠냐며 따졌다. 줄기차게 이어진 엄마의 설명에 양호도 두 손을 들고 말았다. 좀 전에 느꼈던 기시감 따위는 싹 잊은 것처럼.

그날 양호의 본능에 가까운 무식이 경범죄 수준이라면 엄마의
확신에 찬 오해는 중범죄에 해당할 만한 사안이었다. 칭기즈 칸의
군대는 일본을 정복하지 않았다. 일본이 섬이라 바다를 건너는 것
이 어려웠기 때문이었는지 아니면 유럽을 땅따먹기 하느라 다른
한쪽을 과감히 포기했는지는 모르겠지만, 어쨌든 칭기즈 칸의 군
대는 이웃 섬나라에 발끝 하나 들여놓지 않았다.

그리고 칭기즈 칸 요리는 굽거나 끓여 먹는 일본의 양고기 요리
가 맞았다. 양고기 특유의 냄새를 싫어하는 사람을 위해 쇠고기나
해물로 대신해 먹는 요리도 있었기에 엄마도 부담 없이 먹을 수
있다는 걸 조금이라도 미리 알았다면 좋았겠지만…… 역사의 모
든 불행한 사건은 사소한 착각과 성급한 외면, 순진한 방심으로 인
해 벌어졌으니 양호의 무식과 엄마의 오해쯤이야 뭐…….

다시 맛집으로 발길을 돌리려던 엄마를 잡아끌고 들어간 곳은
'Chingiz Khan' 옆 중국 음식점이었다. 문을 연 순간 기름 냄새가
확 끼쳤고 민감한 후각의 소유자인 엄마는 곧바로 인상을 구겼다.
거기다가 한창때인 저녁 시간에 겨우 한 테이블에만 손님이 있을
뿐이라 맛집과는 거리가 먼 듯했지만 양호는 망설이지 않고 자리
를 잡았다.

"어째 꼬락서니가 믿음이 안 가."

엄마가 주위를 둘러보며 탐탁지 않은 표정을 지었다.

"허름한 원조 집도 많거든요."

한눈에 보기에도 원조 집과는 거리가 멀었지만 양호도 지지 않고 대꾸했다. 실내에는 분위기에 어울리지 않게 「운명 교향곡」이 흐르고 있었는데, 음악의 도시답게 클래식도 나와 좋다며 양호는 넉살을 부렸다. 엄마는 내키지 않는 얼굴이었지만 양호의 설득 끝에 메뉴판을 들여다봤다. 볶음밥과 탄탄면을 주문했을 때, 가게 문이 열리며 흑인 두 명이 들어왔다. 무거운 백팩을 멘 젊은 흑인들은 가게 입구에 서서 어색하게 두리번거렸다. 한 녀석은 모차르트 얼굴 티셔츠를, 다른 녀석은 클림트의 그림 「키스」가 그려진 티셔츠를 입고 있었다. 기념품 가게마다 걸려 있던 티셔츠를 입은 두 흑인에게서 관광객 티가 물씬 났다. 하긴 캥거루의 나라 오스트레일리아와 구별해 달라는 의미인 '인 오스트리아 노 캥거루' 티셔츠를 입은 양호도 그들 눈엔 관광객으로 보일 터였다. 모차르트가 양호를 뚫어지게 쳐다보더니 키스에게 뭐라 말을 건넸다. 뭐가 이상한지 둘이 동시에 양호를 힐끔거리기도 했다. 캥거루 티셔츠를 살 걸 그랬나, 같은 농담을 나누는 분위기는 아니었다.

"쟤네들은 왜 저래? 기분 나쁘게 사람을 쳐다보고 말이야."

"외국에서는 사람 쳐다보는 게 실례가 아니래요. 이왕 멀리 나온 거 글로벌하게 행동하자고요."

양호도 기분이 찜찜했지만 세계 어느 나라를 막론하고 젊은이라면 호방하게 껄렁거릴 자유가 있는 법. 게다가 스웨그 넘치는 흑인들이 아닌가. 영어만 된다면 헤이 맨, 쌀라쌀라 인사라도 나누고 싶었다.

모차르트와 키스는 한참을 두리번거리다 양호 옆 테이블에 앉았다. 종업원이 메뉴판을 건네자마자 아무거나 괜찮다는 듯 고민 없이 음식 사진을 가리켰다. 그러더니 눈에 띄게 가방을 뒤적거리기 시작했다. 설마 저것들 돈 없는 거 아냐? 엄마의 의심에 양호는 우리도 장소 옮길 때마다 여권 있나, 지갑 있나 가방 뒤지며 확인하잖아, 보기보다 꼼꼼한 애들이네, 하고 대변인처럼 대꾸했다.

그때였다. 양호의 관자놀이로 차가운 금속의 촉감이 느껴진 것은. 손 들어! 흑인들이 한국말을 했을 리가 없을 텐데, 숨넘어가게 지르는 엄마의 고성을 뚫고 그 말을 들은 것 같았고 양호의 손은 순식간에 번쩍 들려져 있었다.

위아래로 흔드는 바운스만 있다면 영락없는 '푸쳐핸섭' 자세로 두 손을 든 채 양호는 맞은편 엄마를 바라봤다. 셧 업! 엄마는 흑인들의 위협에 입을 틀어막고 부들부들 떨었다. 양호 역시 놀라기는 했지만 핏기가 사라진 엄마를 안심시키는 눈빛을 보낸 후 곁눈질로 총을 든 모차르트를 보았다. 키스는 다른 테이블의 외국인 노부부에게 총부리를 겨누고 있었다. 비명 소리에 놀라 주방에서 튀어나온 중국계 요리사 둘과 종업원 역시 동상처럼 얼어붙었다.

모차르트는 키스가 건네준 끈으로 양호를 의자 등받이에 묶었다. 양호와 엄마를 시작으로 사람들을 하나씩 꼼짝 못 하게 결박한

다음 가게 출입문을 잠그고 창문의 블라인드도 내렸다. 그 와중에 도 키스는 총구를 이리저리 들이대며 사람들을 감시했다. 움직이면 총알을 피하지 못할 거라는 공포감이 엄습했다. 잘 훈련된 2인조처럼 모차르트와 키스는 손발이 척척 맞았다.

그저 저녁 한 끼 해결하려고 들어왔을 뿐인데 어떻게 된 일인지 어안이 벙벙했다. 놀란 와중에도 양호는 냉정하게 상황을 파악하려고 노력했다. 저들은 왜 인질극을 벌이는 걸까? 이 공간 속에 있는 인물 중 누군가 영향력이 있어서? 양호는 의자에 묶인 노부부를 바라봤지만 아무리 좋게 봐 줘도 행색이나 분위기가 그만해 보이진 않았다. 혹시 이곳 주방장이 세계적인 셰프일까 싶었지만 그렇다면 가게가 이렇게 한가할 리 없으니 그것도 아니었다. 그러면 남은 가능성은 하나, 무차별 인질극. 가장 최악의 상황이었다. 총을 든 범인과 인질들, 그리고 반항하는 인질을 향해 발사된 총알까지 영화에서 본 장면들이 머릿속에 그려졌다. 설마 이렇게 탄내가 진동하고 기름때 전 곳이 내 인생의 마지막 장소라고? 양호는 끔찍한 상상을 떨치려 고개를 흔들었다.

그때 갑자기 요리사 모자를 쓴 주방장이 파이어, 파이어를 외쳤다. 급하게 나오느라 주방에 불을 끄지 않았다는 뜻 같았다. 돌발 상황에 놀란 모차르트가 문제를 해결하러 주방에 들어갔다. 잠시 후 주방에서 나온 모차르트가 양호 옆을 지나는데 옷에서 음식 탄내가 확 풍겼다.

아…… 그 냄새가 양호의 기억을 되살렸다. 대설 주의보가 내려진 몇 년 전 겨울, 양호는 아빠와 형과 함께 칭기즈 칸 요리로 유명한 음식점에 있었다. 형의 과학고 합격을 축하하기 위한 자리였다. 엄마는 형의 합격 턱을 내는 다른 모임에 가느라 셋이 저녁을 먹었다. 아빠는 그날 기분이 몹시 좋았고 그래서 기말고사를 망친 둘째 아들에게까지 용돈을 10만 원이나 주었기에 양호 역시 운수 좋은 날이었고, 샤부샤부와 비교해 특별히 더 맛있다는 느낌은 없었지만 칭기즈 칸 요리에 대한 좋은 기억은 남아 있었다. 양호가 선뜻 칭기즈 칸을 선택했던 것도 어쩌면 그 기억 때문이었을지도 모르겠다. 그날 아빠는 인생 선배로서 어쩌고저쩌고하며 꽤 긴 덕담을 늘어놨고, 그 탓에 음식이 눌어붙어 탄내가 났었다. 부랴부랴 불을 껐지만 식사는 그걸로 끝이었다. 엄마가 약속을 취소하고 가족 식사에 끼었더라면, 양호가 10만 원 용돈을 받은 기억을 떠올렸다면 지금쯤 옆 가게에서 인질극 상황은 까맣게 모른 채 칭기즈 칸 요리를 먹고 있었을까…….

그날 음식점을 나선 후, 주차장으로 가는 길에 양호는 하늘을 올려다봤다. 소담스러운 눈송이가 끝도 없이 내리는 밤하늘은 시공간을 건너뛴 다른 세계 같았다. 소리도 빛도 없이 고요한 은하계의 어느 별처럼.

"눈 결정체가 왜 육각형인지 알아?"

어느새 옆으로 다가온 형이 물었지만 양호는 대답하지 않았다. 그게 함박눈이 내리는 고요한 밤에 어울리는 질문이냐고!

"눈도 물로 이루어져 있다 보니 수소 결합으로……."

형은 잘난 척을 하려는 게 아니었다. 형에겐 무궁무진한 지적 호기심이 있었고 그걸 채우고 나누길 좋아했다. 배워서 남 주자,가 삶의 신념이라 했다. 가지고 있는 지식이 없는데 어떻게 남 주냐, 가 양호의 정확한 상태인지라 형의 지루한 설명을 끝까지 듣고 있을 수는 없었다. 결국 큼직하게 만든 눈덩이를 집어 던짐으로써 형의 시답잖은 설교를 틀어막았다. 하지만 샌님 같은 외모에 어울리지 않게 승부욕 하나는 끝내주는 형이 곧바로 반격을 시작했고 그 이후에는 맞고 던지는 난타전이 벌어졌다. 차에서 내린 아빠도 형제간의 티격태격 싸움을 말리지 않고 머리와 어깨에 눈을 맞으면서 흐뭇하게 지켜봤다.

그날 뒷좌석에서 형이 잠든 사이 양호는 차창을 열고 손바닥을 내밀어 눈송이를 받았다. 정말 육각형이 맞나 확인하려고 했는데 눈은 어이없을 정도로 금방 녹았다. 수소 결합 어쩌고 같은 소리가 아니라 양호에게는 찰나의 상실이 눈 결정체에 대한 기억이었다.

별을 관찰하는 천문학자나 눈과 비, 바람을 연구하는 대기학자가 되고 싶다던 형은 일 년 후 세상을 떠났다. 형을 생각하면 눈 결정체가 떠올랐다. 손바닥에 살포시 내려앉아 스르르 존재를 감춰버렸던 작은 눈송이.

"어쨌든 내 책임이니까 엄마가 병원에 데려다주면 좋겠는데."

당시 양호는 중학교 축구 선수였다. 전도유망까지는 아니었지만 무엇보다 본인이 좋아했고 제법 한다는 자부심도 있었다. 부모님은 잘하는 걸 하면 되지 꼭 공부에만 몰두할 이유는 없다 믿는 생각이 깬 분들이었고, 공부 잘하는 형만큼이나 축구 선수인 양호도 대견스러워했다.

"경기 중에 태클은 다반사지, 그게 왜 네 책임이야? 걔네 부모님은 뭐 하시는데?"

미니 게임 중에 양호의 태클로 같은 축구부 친구가 다리를 다쳐 절뚝거렸다. 친구는 저녁에 근육통 약 먹고 파스 붙이면 괜찮아질 거라 했지만 양호의 마음이 편치 않았다. 맞벌이라는 친구 부모님이 퇴근하면 병원 문 닫을 시간이라 엄마에게 부탁했던 거였다.

엄마는 투덜거리면서도 형의 학원 픽업을 아빠에게 미룬 후 양호와 함께 친구를 병원에 데려가 엑스레이를 찍었다. 다행히 뼈에는 이상이 없었고 양호와 친구는 '엄마 카드 찬스'로 병원 근처에서 피자도 얻어먹었다. 끊어질 듯 이어지는 치즈를 먹으면서 양호는 마냥 밝게 시시덕거렸다. 잠시 후 벌어질 사고는 꿈에도 모른 채.

엄마가 형의 학원 픽업을 부탁한 날은 10월 25일이었다. 은행에서 근무하는 아빠에게 유독 신경 쓸 것이 많고 바쁜 날이었다. 노령 연금 수령일인 25일은 고령의 고객들이 대거 방문하는 날이었다. 입출금 기기에 익숙하지 않은 노인들을 위해 직원 한 명 한 명이 통장을 정리해 찔끔 들어온 수입과 그새 빠져나간 지출 내역에 대해 쉬지 않고 설명해야 했다. 그날은 조금 더 특별했다. 볼일을 마친 노파가 은행 문을 나가다 보행 보조기를 놓치는 바람에 오래된 보조기의 바퀴가 고장 나 버렸다. 은행 측의 실수는 아니었지만 당장 집으로 가는 길에 애를 먹을 게 뻔해서 혹시나 하는 사고를 예방할 겸 아빠가 직접 노파를 집까지 모셔다드리기로 했다. 아빠는 형에게 미안하지만 오늘만 대중교통을 이용해 학원에 가라는 전화를 걸었다.

형은 육 분 간격인 지하철과 십칠 분에 한 대꼴로 오는 버스를 타고 학원을 가야 했기에 원장님께 십오 분쯤 지각할지도 모르겠다는 양해의 문자를 넣었다. 과학고를 준비할 때부터 형을 지켜봐 온 원장님은 명문대 진학만이 목표가 아니라 순수한 호기심으로 과학에 접근하는 제자를 유독 아꼈으므로 작은 특혜를 베풀기로 했다. 원장님은 형에게 전화를 걸어 지하철역 3번 출구 앞에 서 있으면 하얀색 제네시스가 갈 테니 그걸 타라고, 아마 운전석에 자신보다 삼십오 년쯤 더 늙은 똑같이 생긴 사람이 있을 테니 놀라지 말라고 말했다. 운전자는 원장님의 아버지였다. 형은 괜찮다고 사양했지만 원장님은 이미 아버지가 출발했으니 어쩔 수 없다는 고전적인 핑계로 결국 형을 하얀색 제네시스에 태웠다.

형이 차에 탄 지 십오 분 후 하얀색 제네시스는 갑자기 끼어든 오토바이를 피하려다 지하철역 입구 대리석을 들이받았고, 반파된 상태로 멈췄다. 퇴근길 지하철역 주변을 아수라장으로 만든 그 사고로 운전자와 동승자 모두 현장에서 숨졌다. 차량 앞으로 끼어든 오토바이가 사고 원인임이 분명했지만 번호판도 없는 오토바이와 헬멧에 얼굴이 가려진 운전자를 찾아내기 어렵다는 현실적인 판단 때문인지 방어 운전에 미숙한 고령 운전자의 실수로 사건은 마무리됐다. 핸들을 틀 때에 브레이크 대신 액셀을 밟은 것도 사실이었다.

형의 죽음은 의도치 않게 많은 이들에게 상처를 안겼다. 원장님은 자신도 아버지를 잃었음에도 몇 번이나 미안함을 표했고, 양호의 태클에 다리를 다친 친구는 자신이 사고에 일조한 듯 죄책감을 느꼈다. 매달 25일 은행에 들르는 노파만 형의 죽음에 대해 몰랐고 그래서 자신을 피하는 은행원의 태도에 섭섭한 감정이 쌓여 갔다.

형이 죽은 후 양호는 초등학교 때부터 해 온 축구를 그만뒀다. 주눅 들어 눈치를 보는 친구와 운동장을 뛰는 것도 괴로웠고 무엇에 열의를 가지는 것도 의미 없게 느껴졌다. 양호는 매사에 심드렁했다. 아빠는 누구의 잘못도 아니고 그냥 일어난 사고일 뿐이라고, 그러니 형이 떠났다는 걸 받아들여야 한다고 말했지만 양호를 괴롭히는 게 상실감만은 아니었다. 형의 사고를 돌이켜 볼 때마다 도저히 이해할 수 없는 게 있었다. 엄마도, 아빠도, 양호도, 원장님도 모두 선의를 베풀었는데 결과가 어떻게 이런 지독한 불행일 수 있는지……. 그 생각을 하면 찰나에 녹아 스르르 사라진 눈송이를 본 것처럼 허무하고 섬뜩했다.

손발 척척 맞춰 인질을 제압했기에 프로라고 여긴 범인들에게서 미묘한 균열을 느낀 건, 키스가 양호에게 질문을 던졌을 때였다.

"아 유 미스터 장?"

미스터 장? 아임 미스터 문. 당연히 양호의 대답은 노, 였다. 옆에 있던 모차르트가 다급하게 물었다.

"차이나 오일 코퍼레이션, 인 사우스 수단, 이즈 낫 유어 컴퍼니?"

다행히 모의고사 영어 5등급인 양호도 이해할 수 있는 짧은 질문이었다. 그러니까 남수단에 있는 오일 회사에 다니냐고? 내가? 이건 또 무슨 귀신 씻나락 까먹는 소리람. 아무리 이마에 굵은 주름과 새치가 더러 있어도 회사원이 말이 되냐고. 양호는 아까보다 더 크게 노,라고 외치며 고개까지 저었다. 나는 너희가 찾는 사람을 전혀 몰라, 하는 순진무구한 눈빛도 함께 발사하면서.

"이즈 잇 리얼?"

당연하지. 양호는 여느 서양인처럼 전혀 모른다는 뜻을 전하기 위해 어깨를 으쓱하고 싶었지만 묶여 있는 상태라 포기하고 고개만 끄덕였다. 양호의 제스처에 심각해진 둘이 또 뭐라 쏼라쏼라하

더니 다시 말했다. 너무 급하게 말해 무슨 소린지 모르겠지만 패스
포트라는 단어는 확실히 들었다.

"여권은 주면 안 돼."

역시 패스포트 소리는 알아들은 엄마가 끼어들었지만 목숨이
담보로 잡혀 있는 상황에 반항이 무슨 소용이람. 양호가 고갯짓으
로 옆 의자에 놓인 가방을 가리키자 이번엔 키스가 가방을 뒤져
여권을 찾아냈다. 키스가 여권 사진과 양호의 얼굴을 번갈아 보더
니 오 노, 하면서 머리를 쥐어뜯었다.

"유 코리안? 세븐틴 이얼스 올드?"

예스! 양호는 만으로 열일곱 살, 대한민국 청소년이었다. 그게
뭐 어쨌다고 저런 표정을 지을까. 양호도 이제는 알았다. 뭔가 단
단히 잘못됐다는 걸. 그런데 뭐가 문제일까? 코리안이? 아님 서른
쯤으로 보이는 열일곱 살 얼굴이?

모차르트와 키스는 당황하다가 요리사에게 가서 물었다. 그는
요리사 겸 이곳의 사장이었다.

"이즈 히어 반 차이나?"

굴리지 않고 정확하게 끊어 말하는 영어 발음이 귀에 쏙 들어왔
다. 그거 하난 마음에 들었다. 인질들도 어떤 상황인지는 알아야
마음의 준비를 할 테니까.

히어 이즈 차이나 반. 비, 에이치, 에이, 엔. 주인의 대답에 모차

르트와 키스 얼굴이 딱딱하게 굳었다. 그러니까 여기는 범인들이 찾는 '반 차이나'가 아니라 '차이나 반'이라는 음식점이고, 목표물을 잘못 찾았다는 뜻이었다.

주인이 쐐기를 박듯 말했다.

"반 차이나(Bahn China) 이즈 니어 메트로. 데어 이즈 익스펜시브 레스토랑. 히어 이즈 베리 치프. 아임 미스터 반. 오브 코스 히어 네임 이즈 차이나 반(China Bhan)."

중국인 주인 역시 쉬운 영어로 대답했다. 범인들이 찾는 반 차이나는 메트로 근처에 있는 비싼 레스토랑이고 여기는 싼 음식점일 뿐이라고. 자신이 미스터 반이라서 차이나 반이라 이름 지었다고.

겨우 스펠링 하나가 다를 뿐이었다. 그런데 일 킬로미터 반경에 무슨 이따위 이름을 가진 음식점이 두 개나 있을까? 지하철역 입구에 이모 분식, 옆 골목에 고모 식당이 있는 것과 뭐가 다르냐 말이다.

여행 전 샀던 오스트리아 가이드북의 간단 독일어 사전에 따르면 반(bahn)은 길이란 뜻이었다. 그러니까 반(bahn)과 반(bhan)은 발음은 같을지 몰라도 '길'과 '반씨'처럼 완전 다른 의미였다. 번화가에 있는 '차이니스 레스토랑, 길'에 가야 할 범인들이 변두리 골목에 있는 '반가 중식'에 온 격이었다. 혹시 이곳 주인장이 영악해서 '반 차이나'에 가려던 손님들을 착각하게 하려고 일부러 이름을 이 따위로 지었으려나. 아니, 만약에 그랬다면 그거야말로 패착일 테다. 이렇게 인질범들이 상호명을 착각해 들어왔으니.

모차르트, 키스, 아직 늦지 않았어요. 지금이라도 메트로 근처에 있는 반 차이나에 가서 미스터 장을 찾으면 돼요. 더 늦기 전에 어서 출발해요. 아 참, 그전에 우릴 풀어 주면 고맙겠고요. 양호야말로 플리즈를 외치고 싶었다. 그들의 망설이는 표정이 양호에겐 한 가닥 희망이었다. 설마 잘못 잡은 인질을 계속 붙들고 있진 않겠지 하는 생각이었다.

모차르트와 키스는 작게 소곤거렸다. 뭔가를 의논하는 눈치였다. 한국인이라면 표정만 봐도 어떤 이야기를 하는지 알 수 있을 것 같은데 흑인들이라 도대체 감을 잡을 수 없었다. 범인들이 흐트러진 사이 엄마가 양호에게 작게 물었다.

"뭔가 잘못된 거지?"

대답을 기다린 건 아닌지 엄마가 풀죽은 얼굴로 한마디 덧붙였다. 아무래도 풀어 주진 않을 거 같다, 휴. 엄마의 한숨 때문에 양호도 기운이 빠졌다.

모차르트와 키스는 원래 가려던 반 차이나를 포기하고 이곳에서 인질극을 벌이기로 정한 듯했다. 차이나 반 사장이 양호를 향해 야속한 눈빛을 보냈다. 너는 왜 미스터 장이 아니냐는 듯이.

인질극을 벌이는 이유는 인질을 협박해서 목적을 이루기 위해서다. 범인들은 중국인 미스터 장을 원했고 그건 미스터 장을 인질로 잡아야 협상이 가능하다는 말이다. 그러니 중국인 미스터 장이 아닌 한국인 미스터 문이 무슨 값어치가 있겠는가. 여기서 양호가 할 수 있는 건 아무것도 없었다. 그저 인질범들이 마음을 바꾸길 바라는 것뿐, 지옥 같은 시간이 지나가길 기다리는 것뿐⋯⋯.

형의 장례식을 치른 후에도 가족의 일상은 변하지 않았다. 여전히 직장과 학교를 다녔고 저녁이면 한 식탁에 앉아 밥을 먹었고 이웃에겐 다정했고 어려운 이들을 위해 기도하고 베풀었다. 힘든 일 겪고도 망가지지 않고 꿋꿋하게 사는 가족을 향해 사람들은 대단하다, 훌륭하다, 깊은 존경을 품었지만 양호는 알고 있었다. 남들의 눈에는 보이지 않는 실금들이 집 안 곳곳에 생기고 있음을.

아무리 생각해도 잘못 찾은 번지수였다. 누구보다 착실하고 선량하게 살았던 양호네 집에 그런 불행이 찾아오면 안 됐다. 혹시라도 남에게 피해를 줄까 언제나 조심하며 살았고, 누가 선택하기 전에 먼저 진창길을, 고된 일을, 경제적 손해를, 헛된 수고를 마다하지 않고 전전긍긍 노심초사 살아왔는데도 양호의 부모가 맞닥뜨린 결과는 참담했다. 자신들의 인생에서 어떤 오점이 큰아들을 빼앗길 만큼 지독한 잘못이었던 걸까 자책하고 후회했다.

형의 장례를 치르고 며칠 뒤 어느 밤 양호는 부모님이 하는 얘기를 들었다.

"남들 눈에는 노파를 흔쾌히 데려다주려는 모습으로 보였겠지만 사실 싫었어. 얼굴 가득 버짐이 핀 노파한테서 지린내가 심하게 났거든. 뒷좌석에 냄새가 밸까 봐 은행 의자 방석을 차로 갖고 가서 앉혔을 정도로. 그렇게 싫었으면 욕먹더라도 하지 말걸."

아빠의 넋두리에 한동안 대답이 없던 엄마는 속이 타는 듯 물을 한 모금 마신 다음에야 입을 열었다.

"나는 진짜 좋은 사람도 아니면서 좋은 사람처럼 보이고 싶은 욕망으로 살았어. 양호 친구를 병원에 데려갔을 때도 말로는 괜찮을 거라 하면서도 뼈에 금이라도 갔으면 양호가 독박을 쓰는 건가 걱정했고 수납을 하면서는 저 애 엄마가 돈을 안 보내면 어쩌지 머리를 굴렸지."

화장실에 가기 위해 방에서 한 발 나왔던 양호가 들은 말은 그게 다였다. 아빠도 엄마도 그 뒤론 아무 말도 하지 않았다. 애써 찾아낸 이유가 고작 그 정도라는 게, 겨우 그깟 이유로 아이가 죽었다고 믿을 수는 없었을 테다.

그래서일까. 엄마도 아빠도 조금씩 변해 갔다. 아빠는 집 안에서 더 이상 실내용 슬리퍼를 신지 않았다. 몇 년째 고시 공부 중이라는 아래층 큰아들의 휴식과 숙면을 방해할까 봐 실내화를 신고도 까치발로만 다닌 아빠였다. 엄마는 생활용품 방문 판매 일을 하면서도 바쁜 시간을 쪼개 참가했던 독거노인 도시락 봉사와 시각 장애인 녹음 봉사를 그만두었다. 눈이 커다랗고 배가 볼록한 탄자니아 소년 후원과 시리아 난민 후원도 끊었고 어쩌다 텔레비전에서 불우 이웃 돕기 모금 방송이라도 하면 채널을 돌려 버렸다. 그렇게

라도 하지 않으면 억울해서 견딜 수 없었으니까.

그 후 아빠는 상하이 지점의 지점장으로 승진 발령 났다. 겉으로는 축하할 일이었지만 매달 돌아오는 25일을 견디기 힘들어하는 아빠의 도피 방법이었음을 양호도 엄마도 쉽게 눈치챘다. 축구를 그만두고 이제 막 정규 수업에 적응하기 시작한 양호를 핑계로 엄마는 같이 떠나지 않았다.

아빠가 떠나는 날 엄마는 한껏 서운한 표정을 지었지만 집 앞 엘리베이터 앞에서 손을 흔들며 인사할 뿐이었다. 두 사람은 더 이상 예전의 친밀했던 부부가 아니었다. 왜 그날 아이를 데려다주지 않았냐고, 책임을 미루고 욕을 하고 악다구니를 써야 하는 순간에 두 사람은 서로의 가슴 한복판에 자리 잡은 깊고 검은 웅덩이를 바라보았고 결국 입을 다물었다. 한 번도 입으로 뱉어 내지 못한 날 선 말들은 가슴속에 상처로 남아 조금씩 덧나고 곪아 갔다.

양호는 무책임하게 오토바이를 몰았던, 사고의 진짜 범인이 잡혔다면 좋았을 거라는 생각을 자주 했다. 그랬으면 피해자는 있는데 가해자는 없는 이상한 상황이 벌어지진 않았을 테니까. 아무 이유 없이 죽음을 맞은 형에게도 덜 미안했을 거니까.

아빠가 상하이로 떠난 후 양호는 엄마가 회복될 거라 믿었다. 밥양도 조금씩 늘었고 영양제도 잊지 않고 챙겨 먹었고 한동안 하지 않던 밤 운동도 다시 시작했기에. 그런데 베란다에 걸린 체육복을 챙기러 간 어느 밤에 우연히 창밖에서 엄마를 발견했다. 아무도 없는 아파트 놀이터 벤치에 앉아 엄마는 손을 들어 뭔가를 차곡차곡 쌓는 시늉을 했다. 엄마의 얼굴이 향하는 곳엔 302동만이 있을 뿐 그 외에는 아무것도 없었다. 대관절 건너편 302동에 뭐가 있기에 저런 동작이 나올까 궁금했는데…… 엄마를 계속 바라보다가 깨달았다. 엄마는 층수를 세는 거였다. 어쩌면 불 켜진, 혹은 불 꺼진 집의 숫자를 세는 건지도 몰랐다. 그것이 지금 당장 해야 할 중요한 일이라는 듯이, 그것 말고는 아무 의미도 없다는 듯이……. 그렇게 무의미한 행동이라도 하지 않으면 그대로 어둠 속으로 사라져 버릴 듯 엄마는 아주 많이 불안해했다. 엄마에겐 남아 있는 모든 시간이 지옥이었다.

상하이 와이탄을 배경으로 아빠에게 영상 통화가 걸려 왔을 때, 그때 거절했어야 했다. 은행에서 근속 25주년 기념으로 두 사람 몫의 유럽 항공권이 나왔다고, 열심히 공부하는 아들을 데리고 콧바람이라도 쐬라고, 자신은 주말에도 차이나 머니 두둑한 고객들을 위해 골프 치러 가야 해서 시간이 없다고 아빠는 엄마에게 과장되게 웃으며 말했다. 양호는 전화를 받는 엄마의 얼굴에 스치는 생각을 읽을 수 있었다. 대학생이 되면 유럽 배낭여행을 갈 거라고, 아르바이트해서 혼자 힘으로 가겠다고, 그다음엔 더 멀리 아프리카도 갈 거라고, 집을 베이스캠프 삼아 세계를 누비겠다 하던 꿈 많은 아들을 잃었는데 내가 거길 어떻게 가겠냐고, 당신이 이 여행을 못 가는 것처럼 나도 갈 수 없다고. 엄마는 주저했지만 결국 받아들였다. 고가의 유럽 항공권을 포기하려면 그에 합당한 이유를 찾아야 했고 그걸 아빠에게 차분히 설명해야 했고 그 모든 과정이 끔찍해서였다.

아빠는 여행을 통해 엄마가 한 번이라도 웃기를, 양호가 조금이라도 즐겁기를 바랐을 거다. 이런 황당하고 억울한 상황은 짐작도 못했을 테다. 형의 죽음이 선량한 가족에게 찾아온 파렴치할 만큼 잔인한 운명이었다면 이 황당하고 억울한 인질극은 그 운명의 부스러기쯤 되려나. 아무리 부스러기라 하더라도 '운명'은 '운명'인지라 상황이 참으로 고약했다. 양호에게도 범인들에게도…….

엉뚱한 인질을 잡은 범인들은 어쩔 줄 모르고 우왕좌왕했다. 누가 들을까 입을 가리고 속닥이기만 할 뿐 아무런 대책도 없었다.

"그래도 애들이 좀 배웠나 보다. 계속 영어로 떠드네."

칭기즈 칸을 몽골의 요리로 알고 있는 것처럼 엄마는 남수단의 공용어가 영어라는 것을 몰랐고 그건 양호도 마찬가지였다. 작게 속닥거리는 엄마 말소리를 들었는지 모차르트와 키스가 돌아봤다. 영화에서는 일이 틀어지면 범인이 인질들을 험악하게 다루던데 다행히 그러지는 않았다. 엄마도 그걸 느낀 모양이었다.

"영 모진 애들은 아닌 것 같은데 엄마가 아프다 엄살 피워 볼까?"

아무리 별다른 제약 없이 둔다 하지만 범인들이 총을 가지고 있는 마당에 섣불리 행동할 수는 없었다. 양호가 반대하자 엄마도 알았다는 듯 포기했다. 하지만 뭐라도 하지 않으면 인질극은 끝나지 않을 터였다. 이 황당한 사건을 해결할 실마리가 분명 어딘가에 숨겨져 있을 텐데 감을 잡을 수 없었다. 그때 뜻밖에 작은 실마리를 풀어 당긴 이는 내내 잠자코 있던 노부인이었다.

"헤이 미스터, 잇츠 타임 투 테이크 메디신. 플리즈 언타이 미."

노부인이 약을 먹어야 한다며 줄을 풀어 달라 정중히 요청했다. 밥을 먹다 말아서인지 목소리에 힘도 없었다. 모차르트가 무슨 약인지 물었고, 노부인이 뭐라 대답했지만 양호는 알아듣지 못했다. 양호는 인질범들이 어떻게 하는지 유심히 지켜봤다. 인도주의적 관점에서 외면하면 안 될 문제였지만 어쨌든 중요한 건 범인들의 마음이었다. 모차르트와 키스는 잠깐 망설였지만 노부인의 팔을 풀어 줬다. 키스는 나머지 사람들에게 처지를 잊지 말라는 듯 총을 들어 보였다. 그사이 모차르트는 노부인이 약을 먹는 걸 도왔고 그다음 다시 노부인을 헐렁하게 묶었다. 모진 애들은 아니라는 엄마의 판단이 맞았다. 모차르트는 키스를 향해 눈짓을 하더니 노신사의 팔도 느슨하게 만들었다. 그때 키스의 입가에 살짝 미소가 걸리는 걸 양호는 보았다. 노부부를 향한 자신들의 온정이 맘에 든 모양이었다.

"범인치고는 괜찮네. 죽이진 않겠어. 근데 언제까지 잡혀 있으려나. 화장실도 가고 싶은데……."

엄마가 속닥이는 소리가 이번에는 제대로 걸렸다. 키스가 양호 자리로 걸어와 윽박지르듯 말했다.

"비 콰이어트!"

악랄한 범인을 만났다면 가장 먼저 제거될 인질이 바로 엄마였다. 보통 영화에서도 범인들은 투덜거리는 인질을 본보기로 처단했으니까. 양호는 키스를 향해 알았다고, 미안하다고 대답했다. 그런데 잠깐, 가까이서 본 키스는 너무 어려 보였다. 까맣게 윤이 나는 얼굴엔 주름이 하나도 없었다. 인질극을 벌일 나이가 아닌 것 같은데? 흑인의 피부 성향을 잘 모르지만 아무리 봐도 양호 또래로밖에 보이지 않았다. 혹시 무슨 사연이 있는 건 아닐까…….

"별도 태어나고 죽는다는 거 알아? 별은 죽기 전에 가장 밝은 빛을 낸대."

형은 별에게도 일생이 있다고, 하지만 고작 백여 년을 사는 인간의 눈으로는 확인할 수 없다고, 오리온자리의 가장 밝은 별 베텔게우스가 폭발하면 지구에서는 640년이 지난 후에야 별의 죽음을 확인할 수 있다고, 만약 밤하늘에 유독 반짝반짝 빛나는 별이 있다면 그건 아주아주 오래전에 죽은 별의 흔적일지 모른다고 말했다. 형은 죽어서도 빛나는 흔적을 남기는 별의 일생이 감동스럽다 했지만 역시나 양호는 소파에 있던 쿠션을 집어 던짐으로써 형의 입을 틀어막았다. 그래 네 똥 굵다, 소리치면서.

인질극이 벌어진 그 밤 엄마는 양호가 본 중에 제일 빛났고 용감했다. 잔인한 운명의 부스러기 속에서 엄마는 단연 주인공이었다.

"헤이 미스터. 아이 원트 고 투 토일렛."

양호에게 상의 한마디 없이 엄마가 돌발적인 행동을 했다. 갑자기 무슨 소리야, 표정으로 묻는 양호를 향해 엄마는 다 생각이 있어, 입 모양으로 말했다. 모차르트는 골치 아프다는 표정을 지었지만 순순히 주방 뒤편 화장실로 엄마를 들여보냈다. 엄마는 한참 동안 나오지 않았다. 무슨 일이 있나 슬슬 걱정이 될 무렵 앞을 지키던 모차르트가 화장실 문을 열었고 곧바로 고성이 울렸다. 욕설이 들린 걸로 봐서 엄마가 뭔가 일을 꾸미다 걸린 게 틀림없었다. 양호가 고개를 돌렸을 땐 모차르트가 엄마 머리에 총부리를 댄 채였다. 엄마! 의자에 묶인 양호가 일어나려다 넘어졌고, 엄마도 총 따위 겁나지 않는다는 듯 양호에게 달려왔다.

엄마는 무슨 배짱으로 그런 일을 벌였을까. 나중에 들어 보니 화장실에서 무기가 될 만한 뭐라도 찾아보려고 그랬단다. 면도기라도 있으면 몰래 숨겨 와 양호를 묶은 줄이라도 풀어 주려 했는데 그 대신 세면대 옆에 있던 청소 솔을 들고 있다가 들켰다고.

모차르트는 금방이라도 방아쇠를 당길 것 같았고 키스도 눈썹이 치켜 올라간 것이 화난 얼굴이었다. 양호는 한 번만 용서해 달라고 빌고 싶었지만 손이 뒤로 묶인 채였고 당황하니 쏘리 한마디도 생각나지 않았다.

그때 음식점 주인이 중재를 시도했다. 당신들이 원하는 게 뭐냐고. 혹시 돈이냐고, 그러면 드리겠다고. 키스가 잠깐 머뭇거렸지만 노,라고 단호하게 거절했다. 주인이 눈에 띄게 실망한 표정을 지었다. 노부부는 좀 전의 긴박한 상황에서 아직 벗어나지 못한 탓인지 여전히 바들바들 몸을 떨었다. 어설픈 반란이 실패한 엄마는 입술을 깨물며 분해했지만 애초에 결과가 뻔한 행동이었다.

한 번만 더 그런 짓을 하면 죽여 버리겠다는 위협의 말을 한 뒤 모차르트는 범인답게 굴겠다는 각오를 다시 다진 듯 인질들의 가방을 뒤졌다. 노부부의 가방에서 여권을 빼앗고, 테이블 위에 올려 둔 양호 여권을 챙긴 다음 여행 내내 엄마의 오른쪽 어깨에 걸려 있던 크로스 백을 뒤적거렸다. 여행 가이드 책자가 나오고 화장품 주머니가 떨어지고 여권이 나왔다. 그리고 여권과 함께 바닥에 떨어진 한 장의 사진. 거기에 형이 있었다. 엄마는 여행 내내 유럽 배낭여행을 꿈 꿨던 형 사진을 갖고 다녔다.

여권을 넘겨받던 키스가 바닥에서 사진을 주웠다. 그 사진은 형이 죽기 얼마 전 말레이시아의 수도 쿠알라룸푸르에서 열린 국제 과학 캠프에서 찍은 거였다. 형 옆에는 곱슬머리가 두상에 바짝 달라붙은 검은 피부의 소녀도 같이 있었다. 그 캠프에서 형은 드디어 자신의 진로를 찾았다고, 그 꿈이 좀 더 무르익으면 말해 줄 테니 조금만 기다려 달라 했다. 갑작스러운 사고로 그걸 끝내 들을 수 없게 되었지만 형이 활짝 웃는 그 사진을 엄마는 좋아했고 행여

구겨질까 애지중지 모셨다.

엄마가 다급하게 플리즈, 마이 선, 어설픈 영어를 했다. 아들 사진이니 돌려 달라는 뜻을 범인들이 이해나 해 줄지, 가뜩이나 좀 전의 행동으로 괘씸죄가 추가된 마당에 또다시 위험이 닥칠까 두려워 양호는 고개를 흔들었다. 그만해, 제발…….

찢어발기지나 않으면 다행 같았는데, 키스는 사진을 뚫어지게 바라보았다. 무척 놀란 얼굴이었다. 사진을 한참 보던 키스가 모차르트에게 넘겼고 자기들끼리 쏼라쏼라 얘기를 나눴다. 모차르트도 사진을 보다 몇 번이나 고개를 갸웃거렸다. 둘의 표정이 몹시 묘했다. 삼 년 전 세상을 떠난 동양인 소년의 사진에 뭐 저리 골똘한 반응일까. 키스가 총을 내려놓더니 핸드폰을 열어 뭔가를 검색했다. 믿을 수 없게도 키스의 핸드폰에서 흘러나온 건 형의 목소리였다.

"아임 선호 문. 아임 코리안 영 보이."

키득키득, 유리창을 닦을 때 나는 듯한 형 특유의 끝이 갈라지는 웃음소리. 양호의 팔에 소름이 돋는 것보다 엄마의 목소리가 먼저 터졌다. 선호야! 무릎을 꿇고 있던 엄마가 키스 옆으로 달려가려 했고 양호가 급하게 엄마를 잡으려다 그만 같이 나동그라졌다.

갑작스러운 양호 모자의 몸 개그에 형의 목소리가 끊겼다. 모차르트가 엄마를 먼저 일으키고 양호를 의자에 앉힌 뒤 핸드폰을 보여 주었다. 형이 맞았다. 유튜브 영상 속에서 형은 사진 속 검은 피부의 소녀와 같이 흙, 자갈, 숯, 거즈 등을 이용해 간이 정수기를 만들고 거기에 오염수를 넣어 물이 정수되는 실험을 보여 주었다. 국제 과학 캠프에 참가했던 당시의 영상이었다.

형의 얼굴을 보는 것만으로 눈물범벅이 된 엄마에게 키스가 설명했다. 형이 입은 티셔츠에 프린트된 그림은 남수단의 지도이고, 사진 뒷장에 쓰인 글씨, 'my friend from Juba'에서 주바(Juba)는 남수단의 수도이며, 간이 정수기를 만드는 형의 유튜브 영상을 남수단 학교에서 과학 시간에 보았다고. 그 밖에도 한국의 영 보이와 주바의 여학생이 올린 유튜브 영상이 몇 개나 더 있다고.

모차르트가 양호에게 물었다. "아 유 미스터 문 투?" 눈물을 흘리던 양호도 고개를 끄덕였다. 아임 문 투. 자랑스러운 형의 동생.

그 뒤에 모차르트와 키스가 번갈아 가며 하는 말을 양호가 다 알아들을 수는 없었다. 남수단은 내전으로 수많은 희생을 겪었고, 지금도 크고 작은 충돌이 이어지고 있으며, 자신들은 정부에 반대하는 반군을 지지하고 있지만 무엇보다 평화를 바란다고 했다. 자세히 설명할 순 없지만 지금 자신들은 중국 자본이 들어간 남수단의 석유 산업 시설 기밀 자료를 얻어야 하며, 그래서 미스터 장이 필요했다고. 열악하고 가난한 남수단 출신인 자신들은 사진 속의 소녀와 마찬가지로 국제 협력 기구의 도움으로 헝가리에서 공부하고 있다고. 코리안 영 보이 미스터 문의 영상이 남수단 어린이들에게 많은 도움이 되었다고……. 잘은 모르지만 그렇게 말했을 거라 양호는 믿었다.

후, 입김 한 번으로 사라지는 비스킷 가루처럼 잔인한 운명의 부스러기 같은 인질극 역시 어이없게 막을 내렸다. 사진 한 장이 알려 준 비밀스러운 인연으로 범인들의 감정이 부드러워지자 음식점 주인은 자신이 반 차이나에 전화를 걸어 아직도 중국인 손님 미스터 장이 있는가 알아보겠노라고 전했다. 자신의 안전을 위해 타인에게 위험을 전가하는 게 마음에 걸렸지만 주인은 전화를 걸어 독일어로 미스터 장을 바꿔 달라 부탁했고 한참의 대화 끝에 그날 미스터 장으로 예약된 손님은 없었다는 사실을 들었다. 아마도 윗선에서 잘못된 정보를 알려 준 걸로 보였다.

잠시 난감해했지만 모차르트와 키스는 당신들에게 위협을 가해서 미안하다고, 하지만 우리는 나쁜 사람이 아니라고, 신념과 이상을 믿고 이런 일을 할 뿐이라고, 힘들겠지만 입장을 이해해 달라고, 그리고 신고하지 말아 달라고 말했다. 그들은 여권을 돌려주었지만 손발의 결박은 풀어 주지 않았다. 단지 노부부에게만 자유를 허락한 다음 자신들이 가게를 떠난 뒤 삼십 분이 지나 나머지 사람들도 풀어 주라 부탁했다. 굿바이, 인사하며 떠나는 모차르트와 키스의 얼굴이 어쩐지 홀가분해 보였다.

인질극 상황에서도 시간 맞춰 약을 먹던 노부인은 칼같이 약속을 지켜 삼십 분 후 인질들을 압박했던 줄을 힘겹게 잘랐다. 그리고 딱 한마디 했다. 우린 범인들을 놓친 게 아니라 어린 청년들을

구한 거라고.

　모든 일이 꿈만 같았다. 해외여행 중 인질로 잡힐 확률은 얼마나 될까? 털끝 하나 다치지 않고 풀려날 확률은? 무엇보다 삼 년 전 세상을 떠난 형과 범인이 상상치도 못한 인연일 확률은? 아마 형이 살아 있었다면 이 말도 안 되는 기적을 숫자로 계산하고 있을지도 모르겠다.

　인천으로 돌아오는 비행기 안에서 엄마는 새삼 감격스러운 표정으로 말했다.

　"기도발 있다던 가이드 말이 맞았어."

　뜬금없이 무슨 소리람. 양호가 멀뚱히 있자 엄마가 쑥스럽다는 듯 목소리를 낮췄다.

　"슈테판 성당에서 우리 양호 멋진 대학생이 되게 해 달라고 기도했거든. 대학생이 되려면 거기서 죽을 수는 없잖아. 그러니 풀려난 거지."

　꽃잎도 피우지 못하고 이르게 져 버린 형을 위해서만 기도하는 줄 알았다. 위태롭게 쌓인 돌탑 위에 돌 하나를 놓으려고 미간을 좁히고 입술을 앙다물며 애쓰던 엄마의 기도 속에 자신이 있을 줄은 꿈에도 몰랐다. 죽은 형을 질투한 건 절대 아니었지만 자신은 안중에도 없는 엄마 아빠에게 내심 서운하고 위축됐던 순간이 있던 것도 사실이었다. 양호의 콧잔등이 갑자기 시큰해졌다.

그런 양호 마음을 아는지 모르는지 엄마는 어젯밤에 본 유튜브 영상 얘기를 다시 꺼냈다.

"너는 형이 올린 영상 내용 다 알아들었어?"

한국말로도 이해 못 할 내용을 영어로 하는데 무슨 재주로…….

"근데 어제 영상 중에 고양이 나오는 건 뭐였을까?"

그건 배워서 남 주자,를 실천하는 형 덕분에 양호도 찾아본 내용이었다.

"아, 슈뢰딩거의 고양이. 상자 속의 고양이가 죽었는지 살았는지 어떻게 알 수 있냐는…… 뭐, 그런 양자 역학에 관한 얘기였어."

한국말로도 정리하기 어려운 내용이라 양호도 대충 얼버무렸는데…….

"그 고양이 살았으면 좋겠다. 죽지 말고."

배워서 남 주자,가 신념이었으면서 형은 정작 가까이에서 함께 지내던 엄마와 양호에게는 양자 역학 이론을 전달해 주지 못했다. 엄마는 물리학과는 전혀 상관없는 엉뚱한 결론을 내렸다.

"살아 있는 건 좋은 일이니까."

너도 알지 않느냐는 듯 묻는 엄마의 눈가가 촉촉해졌다. 물론 양호도 알고 있었다. 고작 열여덟 살이지만 양호는 아주 오래 살고 싶어졌다. 그래서 형이 가 보지 못한 세계로 여행을 떠나고, 남에게 주진 못 하더라도 나를 채우기 위해 새로운 것을 배우고 싶었다. 아주아주 오래전에 죽은 별이 아주아주 오랜 후에 지구에 반짝 빛나는 흔적을 보내듯이, 생각지도 못한 형의 흔적이 남수단 어딘가에 남아 있듯이, 양호도 힘차게 걸어 나가 앞으로의 시간 속에 의미 있는 발자국 하나쯤은 남기고 싶었다. 살아 있는 건 좋은 일이니까…….

손바닥만큼의 평화

오빠! 막상 부르니까 굉장히 어색하네. 너무 오랜만에 불러 보는 거라 그런가……. 이런 말 들으면 오빠는 분명 이렇게 투덜거리겠지?

피, 남자 친구한테 콧소리 섞어 가며 실컷 해 봤으면서, 너 자꾸 내숭 떨래?

내숭? 그런 거 아니거든! 아무리 여동생의 미모가 출중하긴 해도 난 엄연히 대학 진학이라는 막대한 임무(?)를 수행 중인 고등학생이라고! 그 임무가 「미션 임파서블」의 에단 헌트 요원도 해결 못 할 만큼 어렵다는 건 오빠도 잘 알고 있지? 그러니 좀 전의 닭살 돋는 착각일랑 사양하겠어.

아 참, 한 가지 확실하게 밝히자면 난 이미 몇 번이나 사귀자는 남자애들의 제안을 단칼에 뿌리친 경험도 있다는 거야. 그러니 내 동생이 이렇게 인기 없는 아이였나 하는 쓸데없는 걱정도 하지 말아 줘.

이렇게 쓰니까 얘가 무슨 말을 하려나 궁금하지? 지난번 구치소 있을 때 짤막한 편지 한 통 보내고 열 달 가까이 소식이 없다가 갑자기 이런 글을 보내오니 더 그럴 거야.

굳이 이유를 밝히자면 엄마의 부탁 때문이야. 며칠 전 오빠한테 면회 갔다 온 엄마가 그러더라고. 오빠가 많이 서운해한다고. 고등학생이라 바빠서 면회는 못 온다 이해하지만, 편지 한 장도 없으니 단단히 삐친 모양이라고.

댓츠 라이트! 맞아, 나 오빠한테 삐쳐 있었어. 그래서 편지도 안 보낸 거고. 아무튼 이 글은 그동안 편지를 안 보낸 것에 대한 나의 변명이라 생각하고 읽어 줘.

"세훈이가 하도 졸라서 어렵게 가진 게 너였어. 그러니 네가 세상 빛 본 건 전부 오빠 덕인 줄 알아."

이것도 출생의 비밀이 되려나 모르겠지만 장난감처럼 갖고 놀 동생 하나 낳아 달라는 떼쟁이 오빠 때문에 내가 태어나게 됐다지. 생일마다 엄마가 하도 그 레퍼토리를 강조했기에 난 삼신할머니보다 오빠에게 더 감사해야 할 판이었잖아.

오빠의 바람대로 나는 살아 있는 장난감 노릇을 꽤 잘했고, 우린 제법 어울리는 개그 콤비였어. 오래전 추석 때였던가, 외갓집 가서 공연도 했잖아. 오빠는 찰리 채플린 걸음을 흉내 냈고 난 옆에서 개다리춤 췄던 거 기억나지? (아, 나의 흑역사여!)

"세훈이가 참 착하다니까! 한참 어린 동생이랑 저렇게 잘 놀아 주고."

집에 자주 오던 엄마 친구는 우리 둘을 볼 때마다 이렇게 말했어. 배스킨라빈스 아이스크림 잘 사 오던 아줌마 기억나지? 그 아줌마가 올 때마다 오빠랑 나는 현관으로 달려가서 드라이아이스 때문에 차가워진 봉투를 받아들곤 했잖아. 아이스크림에 꼴깍 침을 삼키면서도 나는 좀 억울했어. 똑같이 사이좋게 노는데 왜 오빠만 칭찬할까 싶어서…… 물론 그런 말을 꺼내지는 않았어. 내가 종알거리며 불평하는 사이 오빠가 아이스크림을 다 먹어 치울 테니까 말이야.

오빠가 좋아하던 아이스크림 생각나? 꼭 치약 같아서 내가 질색했던 맛 말이야. 색깔도 맛도 어쩜 그리 치약 같은지, 으윽! 오빠는 그걸 잘도 먹었어. 그래서 난 그 맛이 어른의 맛일 거라 생각했어. 여섯 살이나 많은 오빠가 좋아하는 거였으니까. 그런데 얼마 전에 먹어 보니까 뭐, 괜찮더라고. (흐흠, 열여덟 살 이 몸도 이젠 어른의 대접을 받아야 한다는 말씀이지.)

아 참, 아이스크림 얘기는 괜히 꺼냈나? 어차피 오빠는 먹지도 못할 텐데 입맛만 다시게 만들고 말이야. 미안해······라고 말할 줄 알았지? 메롱 뿅이다! 그러게 누가 죄짓고 교도소에 들어가래?

자신을 죽이러 온 브루투스에게 카이사르가 뭐라고 했는지 알지? 그래, '브루투스 너마저!'라고 말했어. 카이사르가 왜 그 말을 했는지 난 충분히 이해할 수 있어. 카이사르가 받았을 배신감이 어떤 건지 그날 밤에 알았으니까.

그날 밤, 오빠는 제대로 걷지 못할 만큼 잔뜩 취해 집에 들어왔어. 통 그런 모습을 본 적이 없기에 문을 열어 주면서도 깜짝 놀랐지.

"왜 이렇게 많이 마셨어? 얼른 방으로 들어가."

나는 센스를 발휘해 아빠 엄마에게 안 들키게 오빠를 방으로 데려가려 했어. 경기 불황은 갈수록 심해지는데 바늘구멍보다 좁은 취업문을 뚫을 생각을 하다 보면 술이 당길 수밖에 없을 테지, 게다가 군대도 갔다 와야 하니 더 답답할 테지, 오빠를 이해하려 했다니까. 그런데 안하무인이 따로 없었지, 오빠가 안방을 향해 고래고래 소릴 지르는 모습은.

"아버지 어머니, 드릴 말씀이 있습니다!"

내가 오빠 입을 틀어막았을 때는 이미 안방에서 두 분이 나왔을 때였어.

"많이 마셨구나. 늦었으니 들어가고 할 얘기가 있으면 내일 아침에 하자."

아빠는 화난 얼굴이었지만 꾹 참으며 말했어. 그런데도 오빠는 어눌한 발음으로 대답했지.

"꼭 오늘 드릴 말씀입니다. 잠깐만 여기 앉아 보세요."

그러고 보니 오빠 얼굴이 심상치 않았어. 당장이라도 사건을 터 뜨릴 것 같은 표정이랄까? 엄마도 눈치챘는지 나한테 방에 들어가 있으라고 했어.

"세영이도 같이 들어야 할 말입니다. 너도 여기 앉아."

늦은 밤 얼떨결에 우리 가족 모두를 거실에 모여 앉혀 놓고 오 빠는 한동안 말이 없었어. 취기 때문에 딸꾹질을 했지만 입 밖으로 얘기를 꺼내지는 않았지. 기껏 폼만 잡더니 왜 말이 없는 거야? 중 간고사가 코앞이던 내가 거실 벽시계를 훔쳐봤을 때, 아빠가 졸음 을 참지 못하고 하품을 했을 때에야, 오빠는 비로소 입을 열었어.

"저는 군대에 가지 않겠습니다."

그때만 해도 나는 또 시작이구나, 했어. 일찍 군대 갔다 오라는 말도 안 듣고 휴학을 하네, 어학연수를 가네 하면서 시간만 끌고 있었기에 아빠와 사이가 안 좋은 상태였잖아.

"보름 뒤에 입영 날짜 받아 놓은 녀석이 그게 무슨 말이냐? 허튼 생각 말고 정신 차려."

아빠 옆에서 엄마도 거들었지.

"전쟁 위기니 뭐니 떠들어 대지만 이제껏 괜찮았잖아. 그러니까 겁먹을 필요 없어."

오빠는 완강했어.

"저는 입대를 두려워하는 게 아닙니다. 전쟁을 겁내는 것도 아닙니다. 다만 평화를 지키려는 신념 때문에 군대를 가지 않으려는 겁니다."

평화를 지켜? 말이야 좋지. 그런데 오빠가 슈퍼맨이라도 돼? 씨알도 안 먹힐 말을 하면서 술 냄새까지 풀풀 풍기니 그걸 누가 듣고 있겠어?

"너 징집 거부는 징역감인 걸 알고나 하는 소리야? 전과자 된다고, 이놈아!"

아빠는 오빠가 답답한지 크게 소릴 질렀어.

"알고 있습니다. 군대를 안 가면 감옥에 가겠지요."

앞집 오빠, 뒷집 총각, 옆집 대학생도 다 가는 군대잖아. 신체 멀쩡한 대한민국의 남자라면 다녀와야 하는 것 아니냐고. 어이없게 평화 어쩌고 하면서 핑계를 대는 꼴이라니. 게다가 군대는 안 가면서 감옥엘 가겠다고?

나는 군대를 안 가면 처벌을 받는 것도 몰랐어. 그건 엄마도 마찬가지였나 봐. 오빠 말에 갑자기 엄마 얼굴이 하얗게 변하는 거야. 엄마 혈압 높은 거 알면서 할 소리냐고?

오빠의 말도 안 되는 술주정을 틀어막을 사람은 이 몸밖에 없다는 걸 깨달았어. 그래서 아빠와 엄마의 동공이 커지고 충격으로 입이 벌어지려는 찰나 오빠의 등짝을 있는 힘껏 때렸어.

"오빠, 미쳤어!"

그 순간, 평소 주량을 한참 넘어선 오빠의 위장은 거실 분위기보다 더 심각한 상황이었던지, 내가 때린 손바닥이 신호가 되어 버렸어. 오빠는 불과 몇 시간 전 알코올과 함께 먹어 치운 안주들을 쏟아 내고 말았지.

우웩, 토악질하는 오빠 옆에서 아빠는 바닥의 카펫을 걷어 내느라 낑낑댔고, 엄마는 걸레를 들고 토사물을 치우느라 우왕좌왕했기에, 한 편의 코미디 같은 상황을 냉정한 시선으로 지켜본 건 나밖에 없었어. 아휴, 진짜. 그 사건은 더티하고 컬트한 코미디였다니까! 코미디의 주인공인 오빠가 입가에 묻은 토사물의 흔적을 닦지도 못한 채 옆으로 픽 쓰러지면서 그날 밤의 사건은 일단락됐어.

생각해 보면 일상의 힘은 참 대단해. 그런 코미디를 겪고도 다음 날 아침 7시 식구들이 다 같이 식탁 앞에 모여 앉았으니까. 다른 날보다 유난히 밥 뜨는 속도가 느린 아빠 때문에 식사 시간은 길어졌어. 저승사자처럼 지각 체크를 하는 담임을 생각하면 어서 일어나야 하는데도 나는 분위기에 눌려 그대로 앉아 있었어. 하필 아빠 맞은편에 앉았기에 혹시나 그릇이 날아올까 틈틈이 상황을 살피느라 밥이 코로 들어가는지 입으로 들어가는지조차 모를 지경이었어. 살벌한 아침이 끝난 뒤 아빠는 딱 한마디만 했어.

"어제 얘기는 안 들은 걸로 하마."

컴퓨터 화면처럼 삭제 버튼을 누를 수 있는 것도 아니었건만 아빠가 간밤의 사건에 대응할 수 있는 최선의 방법은 아마 그거였을 거야. 나도 마찬가지였고. 제발 꿈이었으면 하는 마음.

하지만 거기서 끝이 아니었지. 며칠 뒤 오빠는 또 다른 사건을 일으켰잖아.

'양심에 따른 병역 거부.'

기자 회견장에 걸린 플래카드에 적혀 있던 말이 아마 이거였지?

'총성 없는 세상'이라는 단체 사람들과 함께한 기자 회견은 신문에 단신으로 짤막하게 실렸지만 그 후 대체 복무를 요구하며 오빠가 벌인 일인 시위와 재판 기간이 우리 가족에겐 참으로 긴 고통이었어. 끈질긴 엄마의 설득에도 오빠는 고집을 꺾지 않았고 결국 교도소에 갔잖아.

"세상에, 징역살이가 웬 말이라니! 나중에 출소해서 사회에 나온들 취직이나 할 수 있겠어요? 지 오빠가 전과잔데 세영이 시집인들 온전히 가겠냐고요?"

판결이 난 날, 엄마는 집에 와서 방바닥을 두드리며 통곡을 했어. 아빠도 땅이 꺼져라 한숨을 쉬었지. 군대를 가건 말건 멋대로 살겠다는데 내버려 두라고 내가 소리를 꽥 질렀는데, 엄마 말처럼 오빠 일이 나한테도 영향이 있으면 어쩌나 걱정이 되더라고. 그날, 어두워지는 거실에 오도카니 앉아 있으면서도 누구 하나 전등 켤 생각조차 못했어. 주위를 인식하지 못할 만큼 마음이 어두웠나 봐.

오빠가 생각하는 평화는 어떤 거야? 군대를 거부하고 교도소에 간 오빠 때문에 깨져 버린 우리 가족의 행복은 그 '평화' 속에 없는 거였어? 이쯤 되면 내가 왜 '브루투스 너마저!'를 떠올렸는지 알겠지.

착실히 공부 잘해서 명문대에도 한 번에 턱 붙은 오빠의 인생이 무엇 때문에 꼬였을까? 누구보다 능력 있던 오빠가 왜 남들의 손가락질을 받는 선택을 했을까? 진짜 오빠를 이해할 수 없었어. 나는 머리로도 가슴으로도 알 수 없는 갑갑증을 어떻게든 풀고 싶었어.

일단 오빠가 활동했던 '총성 없는 세상' 홈페이지에 들어가 봤어. 뭔가 빼곡히 적힌 자료들이 있더라고. 내려받은 글을 읽으면서 깜짝 놀랐어. 한 해 500명 안팎의 청년들이 종교와 신념을 따라 군대 대신 감옥으로 가고 있다는 것과 이미 유럽과 아시아 여러 나라에서 대체 복무제를 인정하고 있다는 내용이었어. 게다가 G20 국가들 중에서 병역 거부를 했다는 이유만으로 형사 처벌을 받는 곳은 우리나라밖에 없다는 것도 알게 됐지.

오빠가 그렇게 큰 죄를 지은 건 아니었구나 싶어 조금 안심이 되긴 했어. 그런데 병역 거부라고 검색어를 치고 인터넷을 뒤졌더니 '총성 없는 세상' 홈페이지에서 봤던 것과는 너무 다른 글들이 넘쳐났어. 상당수의 사람들이 오빠의 입장에 반감을 갖고 있었어. 분단국가인 우리 상황에서 병역 거부를 한다는 것은 이기적이고 어리석은 일이라고, '평화'를 지키기 위한 최소한의 병력은 필요하고 어쩔 수 없이 군대도 유지돼야 한다고……

오빠가 말하는 '평화'와 그들이 말하는 '평화'는 어떻게 다른 걸까? 오빠를 이해하려다가 머리만 더 혼란스러워졌어.

그 와중에 다른 일까지 겹치면서 나는 요즘 아노미 상태야. 솔직하게 말하면 오빠에게 편지를 쓰는 이유도 나한테 중요한 고민이 생겼기 때문이야.

우리 학교 학생이라면, 특히 2학년이라면 모두 알 만한 아이가 있어. 지대섭, 그 아이의 이름이야. 180센티미터를 넘는 키에 몸무게는 100킬로그램에 육박하는 거구의 남학생. 가만히 있어도 땀을 뻘뻘 흘릴 만큼 뚱뚱한 아이야. 그렇지만 그 애가 단지 체격 때문에 유명한 건 아니야. 대섭이는 약간 지능이 떨어지는 애야. 게다가 소심하지. 이쯤 되면 오빠도 감이 올 거야. 대강의 프로필만으로도 짐작할 수 있듯이 대섭이는 왕따야. 아니, 정확히는 전따랄까. 전교생 중에서 누구도 대섭이와 어울리려 하지 않으니까. 그래도 작년까지는 대섭이도 괜찮았을 거야. 혼자 있는 시간이 많긴 했지만 그건 그 애 성격이었으니까. 방과 후 운동장 스탠드에서 혼자 음악을 듣고 있는 모습은 어쩐지 대섭이에게 잘 어울리는 것 같았어.

올해 대섭이한테 무슨 일이 일어났구나! 눈치 백 단 오빠라면 벌써 이 사실을 알아차렸겠지. 제 나름 평화로웠던 대섭이의 일상을 깨 버린 아이들은 박준우 패거리야. 듣기만 해도 딱 알 수 있듯이 박준우가 대장이고 나머지 서너 명 녀석들로 이뤄진 집단. 불량한 청춘이 모이면 왜 폭발적인 힘이 솟는 걸까? 박준우 오른팔 노릇을 하는 정현빈은 중학교 때 나랑 같은 반이었어. 약간의 껄렁함은 있었지만 결코 '일진' 포스를 풍기는 아이는 아니었거든. 그런데 박준우와 어울리면서 그렇게 됐으니 일종의 시너지라고 해야 하나?

아무튼 올해 초부터 박준우 패거리가 대섭이한테 접근하기 시작했어. 난 그 이유가 로또라고 생각해. 작년 2학기가 끝날 무렵, 대섭이 어머니가 걔 반에 피자를 배달시켜 준 적이 있었거든. 우리 아들과 사이좋게 지내 줘서 고맙다는 손 편지도 함께 보냈다고 그반 친구한테서 들었어. 그때 친구가 그랬어. 대섭이의 몸에서 풍기는 땀 냄새가 싫어 일 년 내내 말 한마디 안 하고 지냈는데 피자 얻어먹으려니 미안해서 혼났다고. 그러면서 덧붙여 말했어. 아 참, 대섭이네 로또 당첨됐대. 대섭이가 부담 갖지 말고 먹으라면서 그러더라. 내가 놀라서 진짜? 하고 묻자 친구도 그런 반응일 줄 알았다는 얼굴로 말했어. 진짜래, 걔 용돈도 엄청 받는다고 자랑하던걸.

오빠, 로또 당첨이 벼락 맞을 확률보다 더 낮다는 거 알아? 그러니까 그만큼 엄청난 행운은 아무에게나 함부로 떨어지면 안 되는 일이었어. 특히나 지대섭 같은 아이에게는 더더욱.

대섭이 일을 왜 그렇게 잘 알고 있나 궁금하지? 고개를 갸우뚱 거리는 오빠 모습이 눈에 선하네. 원래 상관없는 일에는 눈길 한 번 주지 않는 평소의 내 모습을 알 테니까 말이야. 짐작처럼 나는 대섭이 일에 얽히게 되었어.

얼마 전, 대섭이가 자살 기도를 했어. 아무도 없는 집에서 손목을 그었는데 다행히 부모님이 일찍 발견해서 목숨은 건졌다고 해. 박준우 패거리 때문이냐고? 그거야 당연하잖아.

"근데 왜 네가 그 일에 관련이 됐단 거야?"

만약 오빠가 옆에 있었다면 조급하게 물었을 테니까 지금부터 말해 줄게. 대섭이 자살 기도 사건이 일어난 다음 날이었어. 그 애가 끔찍한 시도를 했다는 건 알려지지 않았을 때였어. 나는 대섭이 랑 같은 반도 아니었기에 그 애가 결석한 것도 모르고 있었지. 그런데 갑자기 담임이 날 교무실로 부르더니 뜬금없이 이렇게 물어 보는 거야.

"너, 5반 지대섭이랑 친하니?"

지대섭과 친하냐니? 맥락 없는 물음에 세차게 고개를 저었어. 아니요! 강하게 부정하면서. 그랬더니 담임도 그럴 줄 알았다며 고갤 끄덕였지. 그런데 뭐가 또 궁금한지 이렇게 물었어.

"대섭이는 왜 널 친한 친구라고 썼을까?"

담임이 내민 종이를 보고 난 기절할 뻔했어. 1학기 말쯤이었던 것 같은데 학교에서 갑자기 설문 조사를 했어. 우리 학교의 장단점, 교우 관계, 그리고 최근의 고민 등을 적어 냈는데 지대섭이 친한 친구에 내 이름을 적었더라고. 나는 담임에게 정말로 얘가 왜 내 이름을 적었는지 모르겠다고 침을 튀겨 가며 말했어. 그런 오해를 받는 게 억울하더라고.

"이깟 일로 펄쩍 뛰긴. 알겠어, 알겠다고. 아무래도 대섭이가 널 좋아했었나 보네. 5반 선생님한테도 그렇게 전할게."

담임이 제대로 전하지 않은 건지, 그날 오후 나는 5반 담임에게도 다시 불려 갔어. 그리고 똑같이 설명했지. 정말로 대섭이가 무슨 마음으로 내 이름을 적었는지 모르겠다고.

그런데 그때서야 5반 담임이 그러는 거야.

"대섭이가 손목을 그었어."

그 말을 듣는 순간 나는 입을 틀어막았어. 5반 담임의 심각한 표정에 대섭이가 죽은 줄 알았으니까.

"아, 걱정 마. 다행히 생명에 지장은 없다니까. 문제는 대섭이가 유서를 남겼는데 학교 다니기 싫다고 쓰여 있나 봐. 대섭이 부모님이 학교에서 무슨 일이 있었던 거 아니냐며 난리가 났어. 그래서 이따가 대섭이 부모님이 대섭이랑 제일 친하다는 너한테 사정을 물어볼 거야."

진짜 미치고 팔짝 뛸 지경이었어. 그 애랑은 말 한마디 나눈 적 없는데 무슨 친한 친구냐고. 거기다 그 애에게 생긴 일을 왜 나한테 물어보냐고.

대섭이 일이 안됐긴 하지만 나는 아무 상관 없는 사람이었어. 그래서 제대로 이야기해 줄 사람을 추천했지.

"선생님, 그건 박준우한테 물어보셔야 할 것 같아요."

지대섭과 박준우의 관계를 모르는 아이들은 거의 없었어. 지난번 설문 조사에서 불편한 관계를 쓰는 칸이 있었다면 대섭이는 망설이지 않고 박준우를 적었을 거야. 그런데 아쉽게도 그 설문 조사에는 친한 친구 적는 칸만 있었으니 박준우 이름은 빠질 수밖에 없었겠지. 아마도 둘 사이가 교무실까지 전해지지는 않은 모양이라 생각해서 박준우 이름을 댄 거였어.

"박준우도 따로 만날 생각이지만, 일단 네가 먼저 대섭이 부모님을 만나서 잘 좀 말씀드렸으면 좋겠어."

세상에, 5반 담임도 박준우와의 관계를 알고 있었어. 그런데도 사건의 책임자인 박준우를 빼고 나한테 대섭이 부모님과 만나라는 거야. 나는 대섭이랑 말 한마디 나눠 본 적도 없고, 학원도 가야 하니까 그럴 수 없다며 딱 잘라 말했어.

내가 너무 완강하게 말한 탓일까? 갑자기 학생 주임과 우리 담임까지 내 옆으로 오더니 타이르는 거야. 일단 내가 대섭이 부모님 마음을 진정시켜 드려야 한다고, 그래야 학교도 조용해질 수 있다고. 혹시라도 대섭이 부모님이 학교 폭력이니 왕따니 하면서 문제를 걸고넘어지면 학교도 시끄러워질 거라고. 내 두 어깨에 학교의 명예가 걸려 있다며 다독이는 담임의 청을 나는 거절할 수 없었어.

일은 이상하게 돌아갔어. 야간 자율 학습이 시작될 무렵, 나는 상담실에서 대섭이 부모님을 만났어.

"세영 학생하고만 이야기 나누고 싶습니다."

대섭이 부모님의 요구에 교감 선생님, 학생 주임 선생님, 5반 담임 선생님은 상담실을 나가야 했어. 특히 5반 담임은 상담실 문을 닫기 전 나에게 눈을 찡끗했어. 너만 믿어, 뭐 이런 뜻이었지. 나는 뭔가 나쁜 짓에 공모한 듯한 느낌이 들었어.

내가 어정쩡하게 서 있자 대섭이 어머니가 내 손을 잡으며 말했어.

"우리 대섭이 일로 많이 놀랐지?"

그 애가 자살 시도를 했다는 소식 때문이 아니라 설문 조사에서 나를 친한 친구라고 썼다는 데 놀랐던 거지만 나는 고갤 끄덕였어. 그 순간, 대섭이 어머니가 눈물을 뚝 떨어뜨리는 거야.

"대섭이가 한사코 너를 만나지 말라 했지만 이렇게라도 얼굴을 보니 마음이 놓이는구나."

대섭이 아버지도 내 어깨를 토닥여 주셨어. 그 애가 나를 만나지 말라고 한 이유는 오빠도 짐작하겠지? 사실 친한 친구가 아니니까 내 입에서 어떤 말이 나올지 그 애는 두려웠을 거야.

대섭이 어머니는 가방에서 종이 한 장을 꺼내더니 나에게 주셨어. 공책을 북 찢어 만든 대섭이 유서였어.

아빠 엄마, 저는 행복하지 않아요. 날마다 학교 가는 것도 정말 싫어요. 그래서 평화로운 곳으로 먼저 가려고 합니다. 안녕히 계세요.

대섭이가.

아주 짧은 유서였어. 박준우 패거리에 대한 얘기도 전혀 없었지. 그 전까지는 그 애가 나를 친한 친구라고 생각했다는 게 불쾌하기만 했는데 그 글을 읽으니 나도 모르게 주룩 눈물이 흘렀어. 열여덟 살 소년이 목숨을 끊으려면 얼마만큼의 고통이 있어야 할까? 짐작할 수 없는 그 고통의 무게가 나에게 떠안겨진 느낌이었어.

굵은 펜으로 한 자씩 적어 내려간 대섭이의 유서를 보면서 나는 불현듯 초여름의 일이 떠올랐어. 그리고 그 애가 왜 나를 친한 친구로 적었는지도 깨닫게 됐어.

정확한 날짜는 기억나지 않지만 교정에 장미가 활짝 피어 있는 때였어. 지각이라 허겁지겁 뛰어가는 도중에도 장미꽃을 흘낏 봤으니까. 수업이 끝난 후 나는 지각을 한 벌로 3층 여자 화장실을 청소해야 했어. 청소를 하려고 가는데 3층 중앙 계단에 박준우 패거리가 모여 있는 거야.

"이 새끼 어디로 튀었냐? 넌 화장실이랑 5층 음악실 가 보고, 나머지는 각 반 교실 훑어."

박준우가 지시하니까 모여 있던 아이들이 잽싸게 흩어졌어. 그 소릴 들으며 난 화장실로 향했지. 그 옆을 지나가는데 안 무서웠냐고? 박준우 패거리의 특징은 타깃으로 정한 녀석 말고는 다른 누구도 안 건드린다는 점이야. 참 영리한 작전이라 할 수 있지. 타깃 말고는 누구도 불편하지 않으니 박준우 패거리에 대해 불만을 터뜨리는 아이들도 없었고.

야자 하는 아이들은 석식 시간이라서, 나머지 아이들은 귀가한 뒤였기에 화장실은 썰렁했어. 화장실 제일 첫째 칸은 청소 도구를 모아 놓는 칸이었어. 거기서 빗자루와 대걸레를 꺼내기 위해 손잡이를 당기는데, 어떻게 된 일인지 잠겨 있었어. 안에 누군가 있던 거지.

이 시간에 누구지, 싶었는데 좀 전에 본 박준우 패거리가 떠오르는 거야. 생각해 보면 그 어떤 논리도 없었건만 나는 확신에 차서 말했어.

"나 박준우 아니야. 걸레 꺼내게 문 좀 열어 줘."

내 말을 들었는지 문이 쪼끔 열리더니 아무 말도 없이 굵은 팔 하나가 나와서 걸레를 건넸어.

"야, 빗자루도 있어야 돼."

나는 걸레를 뺏는 척하며 불시에 문을 활짝 열었어. 불도 켜지지 않는 칸이라 어두컴컴했지만 커다란 실루엣을 확인하는 건 어렵지 않았어. 지대섭, 그 아이였어. 두려움에 가득 찬 눈으로 나를 보는 그 거대한 모습에서, 한 마리의 어린양을 봤다고 하면 웃기려나? 믿기지 않겠지만 난 그렇게 느꼈어.

빗자루를 찾아들고 청소 도구함 문을 닫은 뒤 나는 아무렇지 않은 척 청소를 시작했어. 그러면서 틈틈이 중앙 계단 쪽을 살폈지. 그런데 어느새 박준우 패거리가 다시 모여서 여자 화장실을 향해 다가오는 소리가 들리는 거야. 오빠, 벌써 바지에다 손바닥 문지르고 있는 건 아니지? 공포 영화를 볼 때마다 오빠는 손바닥에 땀이 흥건해진다고 했잖아. 지금 얘기하는 이 순간이 바로 공포 영화의 하이라이트 정도 되려나.

예상대로 박준우 패거리가 화장실까지 왔어. 박준우의 오른팔이라는 정현빈이 나를 보더니 물었어.

"청소야?"

청소 도구함 칸 안에서 그 아이가 바들바들 떨고 있을 생각에 나는 티 나지 않게 담담히 말했어.

"왜, 도와주게?"

그러면서 일부러 청소 도구함 옆 칸을 쾅 열고 걸레로 북북 밀었어.

"됐다. 열심히 해라."

패거리가 자리를 뜨고도 나는 한동안 걸레질만 했어. 대강 오 분 정도 시간이 흐른 뒤 화장실 창문으로 달려가 박준우 패거리가 교문을 나서는 걸 확인했지. 그리고 그 아이가 무안해할까 봐 세면대를 닦으며 크게 말했어.

"지금 그 새끼들 정문으로 갔으니까 좀 있다 후문으로 나가."

청소 도구함 칸에서 그 아이가 나왔어. 바로 나갈 줄 알았던 그 아이는 잠깐 동안 내 뒤에서 머뭇거렸어. 뭐 할 말이 있나? 그런 생각이 들었지만 나도 고갤 돌려 그 애를 바라보지 않았어. 그렇게 미적거리던 그 아이가 화장실을 나간 다음 나도 모르게 바닥에 주저앉아 버렸어. 센 척했지만 사실 긴장했었거든.

내가 한 일은 그게 전부였어. 그 애의 친한 친구가 되기엔 너무 작은 일이었다고. 그렇게 사소한 호의조차 받아 본 적이 없을 만큼 지대섭은 고립되었던 건가? 아니면 차마 설문 조사를 빈칸으로 낼 수 없어 내 이름을 적었던 걸까?

유서를 보면서 터진 눈물은 한동안 그치질 않았어.

"우리 대섭이 몸에 난 상처들, 그게 뭔지 아니? 넌 알고 있지?"

나한테서 전염됐는지 대섭이 아버지도 눈에 눈물이 그렁그렁해지면서 물었어. 하지만 그 애 몸에 상처가 있는지 내가 어떻게 알겠어?

난 그날 정확하게 봤던 거였어. 지대섭은 한 마리의 어린양이었어. 박준우 패거리에게 바쳐진 희생양. 패거리가 지대섭을 건드리는 동안은 모두가 편안했으니까 누구도 말리지 않았던 거야. 둔하고, 뚱뚱하고, 냄새나고, 성적 나쁘고, 그 모든 이유로 왕따를 당하는 아이. 그 애의 친한 친구가 되기에 턱없이 부족한 나도 알면서 모른 척을 한 거야. 그러자 또 다른 오래전 기억이 떠올랐어. 지대섭은 내가 다니는 영어 학원 근처의 헬스클럽에 다녔어. 토요일 특강을 듣고 나오다가 박준우 패거리를 본 적이 있어.

'저것들은 주말에도 수금을 다니나?'

그렇게 옆을 스쳐 지난 게 다였어. 박준우 패거리를 향해 비웃음이나 한번 날려 주면서. 그 속에 지대섭이 있다는 건 생각지도 않고 말이야.

지대섭이 원래 혼자 있는 걸 좋아했고 그러다 보니 애들과 겉돌았을 뿐, 누가 집중적으로 괴롭힌 일은 없다고, 나는 대섭이 부모님에게 그렇게 말해야 했어. 학생 주임도, 5반 담임도 그러는 게 좋겠다고 했으니까.

그런데 또박또박 써 내려간 대섭이의 유서 앞에서 난 도저히 말을 할 수 없었어. 내 두 어깨에 학교의 명예가 달려 있던 부담을 내려놓고 대섭이 부모님에게 박준우 패거리 얘기를 했어. 자세히 알지는 못하지만 꽤 긴 시간 그 아이들에게서 시달림을 받았을 거라고. 대섭이 부모님은 내 말에 엉엉 울었어. 나이 든 어른이 그렇게 펑펑 우는 건 처음 봤어.

"왜 하필 우리 대섭이라니? 그 애가 부족해서 그런 거였니?"

대섭이 어머니가 나에게 다그치듯 물었어.

"그것도 있겠지만 아마도 로또 때문일 거예요."

로또 당첨 얘기에 눈이 퉁퉁 붓도록 울던 그 애의 부모님이 어이없어하며 쓴웃음을 지었어.

"우린 3등이었어. 겨우 몇백만 원 받았을 뿐이라고!"

세상에! 그 애는 왜 1등인 것처럼 말했을까. 줄곧 서 있던 대섭이 아버지가 의자에 털썩 앉더니 대섭이 어머니에게 원망 섞인 말을 건넸어.

"그날 당신이 피자 주문한다 했을 때 대섭이가 부득부득 반대했잖아. 뭐가 되건 튀고 싶지 않다고. 애들이 자기를 더 부담스러워할지 모른다고."

지대섭, 너는 자연스러운 풍경 속에 묻어가길 원했던 아이였구나. 그래서 운동장 스탠드에서 음악 듣던 모습이 괜찮게 보였던 거구나. 나는 너무 뒤늦게 친한 친구에 대해서 생각해 봤어.

그 애는 한꺼번에 받는 시선이 부담스러웠을 거야. 그래서 화제를 다른 데 돌리고 싶었겠지. 아니야, 어쩌면 우쭐했을지도 모르겠다. 오랜만에 받아 보는 시선을 더 즐기고 싶어 로또 이야기를 했을지도 몰라.

오빠는 어떻게 생각해? 뭐가 됐건 그 결과는 너무 끔찍했어. 정말 로또 때문이냐고? 그 토요일, 대섭이 다니는 헬스클럽 앞을 지나갈 때 난 정현빈 목소리를 들었어.

"로또 됐다며? 돈이 없다는 게 말이 돼? 나눠 써야 착한 아이지."

그걸 들었기에 수금 나왔구나 생각했던 거였어. 솔직하게 말해서 그 패거리 속에 지대섭이 있다는 걸 나는 알고 있었어. 그러니까 난 참 나쁜 아이야. 그걸 듣고도 그냥 지나쳤어. 화장실에서 지대섭을 숨겨 주었던 건 박준우 패거리에 둘러싸인 그 애를 모른 척한 내 양심에 대한 용서였어. 그 애 때문이 아니라 내 양심 때문에 그랬던 거라고! 그런데도 그 애는 나를 친한 친구로 꼽았으니 나는 너무 과분한 대접을 받은 거였어.

대섭이 부모님은 학교 측과 가해 학생을 관할 경찰서에 신고했어. 학교 측이 진상 규명은 외면한 채 형식적인 사과만 한다고 느끼셨나 봐. 그래도 쉽지 않은 싸움일 거야. 대섭이 몸의 상처와 통장에서 빠져나간 출금액 말고 다른 증거는 없을 테니까. 아마도 대섭이 부모님이 믿는 건 하나밖에 없을지도 몰라. 바로 나!

왜 또 나냐고! 간절하게 부탁하는 대섭이 부모님 앞에서 나는 차마 그 아이랑 친하지 않다는 말을 못 했어. 5반 아이들이 나보다는 더 많이 알고 있지 않겠냐는 말도 할 수 없었어. 왜냐하면 그 애를 희생양으로 바친 수많은 아이들 중 누가 증언을 해 줄까 나조차도 믿을 수 없으니까.

이 일이 끝나면 그 애는 전학을 갈 거래. 아니, 박준우 패거리가 강제 전학을 갈지도 모르지. 그렇지만 전학만으로 간단하게 끝날 일이 아니라는 것쯤은 오빠도 잘 알 거야.

헬스클럽 앞에서 박준우 패거리를 본 일이, 화장실에서 지대섭을 숨겨 준 일이 그렇게 큰 증거가 될까? 대섭이 부모님에게 박준우 패거리 일을 말했다고 학교에서도 미운털이 박혔는데 나는 졸업 때까지 무사히 다닐 수 있을까?

요즘은 온통 그 생각뿐이야. 그 아이를 돕겠다고 용기백배하다가도 박준우 패거리를 생각하면 오스스 소름이 돋아나곤 해. 그러다가 문득 오빠 생각이 났어. 오빠는 무슨 깡으로 군대를 거부하게 됐을까? 오빠 한 명이 군대를 안 간다고 무슨 변화가 생길 거라고. 그런데 우연히 오빠가 기자 회견 때 읽었던 병역 거부 소견서를 컴퓨터 파일에서 찾아 읽게 됐어.

전과자가 되는 것이 두렵고, 분단국가라는 특수한 상황도 이해 못 하는 꼴통이라며 욕설을 듣는 것도 싫다고 솔직하게 밝혔더라고. 그런데도 끝내 군대를 거부하는 이유는 평화를 위한 느리지만 가장 확실한 발걸음을 떼기 위해서라고. 먼저 총을 내려놓는 것부터 평화는 시작된다고……. 엄청난 용기와 깡으로 그런 결정을 내렸을 거라 생각했는데 역시 소심한 오빠다운 말이었어.

다음 주 경찰 조사에 앞서 학교 폭력 위원회가 열려. 여러 선생님과 학부모, 지대섭의 부모님, 박준우와 몇 명, 그리고 내가 그 자리에 참석해야 해. 물론 나는 강제적으로 가지 않아도 되는 자리야.

아까도 말했듯이 나는 지금 「미션 임파서블」의 에단 헌트 요원도 하기 힘든 대학 진학이라는 임무를 수행 중이야. 다른 데 신경 쓸 여유라고는 손톱만큼도 없는 상태야. 그런데 정말 우습게도 자꾸 그 아이 일이 머릿속에서 떠나질 않아. 여자 화장실 청소 도구함 칸에 숨어 떨던 그 아이, 평화로운 세상으로 먼저 떠나겠다는 엉성한 유서, 대섭이 부모님의 눈물…….

오빠도 무서웠다고? 나도 그래. 그렇지만 평화로운 세상으로 먼저 떠나겠다는 그 아이의 손을 잡고 싶어졌어. 그곳이 아닌 여기, 이곳에서 평화를 위한 발걸음을 같이 떼자고 말하고 싶어졌어.

오빠가 말한 평화가 얼마만큼의 깊이와 넓이를 가진 건지는 잘 모르겠어. 하지만 내가 지키고자 하는 평화는 겨우 손바닥만큼의 평화야. 딱 그 아이의 손바닥 크기.

땀으로 끈적일 그 아이의 손을 잡는 것부터 내 평화의 발걸음은 시작될 거라 믿기로 했어.

요즘은 오빠의 빈자리가 더 크게 느껴져. 갑자기 오빠가 좋아하는 치약 맛 아이스크림이 생각나네. 양치질을 한 것처럼 입 안이 싸해지는 그 아이스크림을 같이 먹을 날이 어서 왔으면 좋겠다. 그동안 콩밥 잘 챙겨 먹고, 건강히 지내.

—미션 임파서블 임무를 수행 중인 동생이…….

죽을 때까지 몰랐다면 좋았을 일이 있다. 끝까지 알고 싶지 않아서 버티고 버텼는데……. 시간이 지난 뒤에야 생각했다. 수빈이 정말 알고 싶지 않았던 게 무엇이었는가를. 그것이 진실이었는지, 두려움이었는지, 혹은 진실을 알게 되는 두려움이었는지를…….

계수한테서 연락이 온 건 아빠의 재판이 패소한 다음 날이었다. 항소를 하겠다는 엄마와 패소를 인정하자는 외할머니가 소파에서 악다구니를 쓰며 싸우고 있었고, 다른 날보다 강도 높은 모녀의 싸움을 지켜보는 수빈의 손에 들린 핸드폰도 그에 못지않게 격렬히 진동을 울렸다. 모르는 번호였지만, 격전의 현장을 명분 있게 피하고 싶어 받았다.

　나야, 한마디만으로 알았다. 계수였다. 수빈은 급하게 방으로 들어왔다. 제발 정신 좀 차려라 이년아, 외할머니의 찰진 욕을 감도 좋은 수화기 저편으로 전송하고 싶지 않았다. 계수가 전학 간 후이 년간 한 번도 통화한 적이 없었는데 하필 이런 때에. 왜,라는 의문보다는 불쾌감이 먼저 들었다. 나야,라니? 아직도 자기 목소리를 기억하고 있을 거라는 자신만만함이 불쾌했다.

　나야,라는 말에 어떤 대답을 해야 하나 망설이는 사이 계수가 다시 말했다.

　"좀 만났으면 해서. 같이 갈 데도 있고."

　보고 싶지 않았다. 단번에 싫다 하면 어쩐지 옹졸해 보일 것 같아 노골적이지 않게 거절할 핑계를 찾고 있을 때 밖에서 엄마가 큰 소리로 수빈을 불렀다. 울음기 가득한 목소리였다. 전화받는 걸 봤으면서……. 엄마의 무신경함이 몹시 거슬렸다. 수빈은 계수가 엄마 목소리를 들을까 봐 한 손으로 핸드폰을 감싸고 급하게 물었다.

　"언제?"

　"이번 주 일요일 아침에 내가 너희 집 앞으로 갈게. 아직 거기 살지?"

　계수 말대로 핸드폰 번호도 집도 그때와 똑같았다. 훌훌 털어 버리고 떠나더니 여기 사는 내가 우습니? 지금이라도 거절해야 해,

생각이 들었을 때 엄마가 방문을 열었고 수빈은 알았어, 대답하며 전화를 끊었다.

그새 눈이 발갛게 충혈된 엄마가 수빈을 다그쳤다.

"너도 얘기 좀 해 봐. 네 눈에도 엄마가 이상하니?"

무슨 말로도 엄마의 분노를 잠재울 순 없었다. 수빈이 입술을 달싹거리는데 외할머니가 왜 애먼 애를 잡냐며 엄마를 끌고 나갔다. 엄마가 다시 들어올까 봐 딸깍 방문을 잠갔다.

나 이대론 못 살아. 엄마도 강 대령 알잖아. 그런데 강 대령 잘못이라고? 엄마의 울먹이는 소리가 듣기 싫어 귀에 이어폰을 꼈다. 수빈이 좋아하는 힙합 비트가 흘러나왔다. 그대로 노래 속에 녹아내리고 싶었다.

수빈의 아빠 강 대령은 삼 년 전 겨울, 야간 초계 비행 훈련 중에 전투기와 함께 서해 바다로 추락했다.

"송구스러운 말씀이지만 버티고가 아닐까 조심스럽게 추측하고 있습니다."

집으로 찾아온 군 관계자가 사고 원인이라고 꺼낸 말이었다. 수빈의 아빠는 5,000시간 무사고 전투기 조종사였다. 5,000시간이면 208일 하고도 여덟 시간이었다. 전투기의 평균 속력을 감안하면 지구를 마흔세 바퀴나 돈 거리라고 했다. 그 시간과 거리를 하늘과 바다를 지키는 해군 전투기 조종사로 살아왔다. 그런데 비행 착각

현상(vertigo)이라니?

"잠깐만요, 밤이었잖아요. 바다를 하늘과 착각할 리 없어요."

엄마의 반론에 군 관계자는 다시 설명했다. 야간에도 사고가 일어나고는 한다고. 전투기 안에서 밤하늘의 별빛과 바다에 비친 선박의 불빛은 구분이 어렵다고.

"아시다시피 강 대령은 무사고 조종사였어요. 기체 이상은 없었나요?"

엄마가 되물었지만 관계자는 천천히 고개를 저었다.

"아직 블랙박스를 찾지 못해 단언할 순 없지만 만약 기체 이상이었다면 구조를 요청했을 텐데 마지막 교신까지 일반적인 상황 보고밖에 없었습니다."

그렇지만……. 엄마가 말을 잇지 못하는 사이 군 관계자 세 명이 비장한 표정으로 죄송하다며 고개를 숙였다. 서해 바다 깊숙이 사라진 아빠는 순직 처리되었고 사망 보험금과 유족 연금이 나왔다.

아빠의 사고는 종결되었지만 해결된 것은 아니었다. 블랙박스는 서해 바다 어디에서도 발견되지 않았고 사고 원인도 그저 추정일 뿐이었다. 그게 계기였을까? 아무래도 믿을 수 없어. 줄곧 혼잣말을 내뱉던 엄마는 해군이 블랙박스 수색 작업을 중단하겠다고 발표하자 돌연 눈을 반짝였다. 유가족이 된 지 이 개월 후였고, 그게 긴 싸움의 시작이었다.

엄마는 남편 강 대령의 명예 회복을 위해 발 벗고 나섰다. 사고 원인을 밝히라는 피켓을 들고 국방부와 해군 본부, 청와대 앞에서 일인 시위를 했다. 아빠가 죽은 뒤 모든 의욕을 잃었던 엄마는 시위를 시작하고부터 비로소 기운이 샘솟는 듯 눈을 뜨기 무섭게 집을 나섰다.

아침에 일어나면 엄마가 없는 날이 잦았다. 꽃샘추위가 기승을 부리는 날 아침에 뜨끈한 찌개 국물이 그리웠지만 수빈은 찬 우유에 시리얼을 말아 먹었다. 엄마가 구슬프게 집에서 우는 것보다는 훨씬 낫다고 여겼다. 정말 사고 원인이 버티고 같냐고, 그건 아니지 않냐고 답을 정해 놓고 날마다 묻는 것도 지긋지긋하던 차였다. 수빈은 엄마가 남들보다 적극적으로 죽음을 애도하는 거라 생각했다. 해저상의 미식별 물체를 확인하려고 해수면으로 낙하했다가 다시 수직 상승하는 전투기처럼 엄마도 정상 궤도로 돌아올 거라 믿었다.

시간은 생각보다 빨리 흘렀고 엄마의 부재는 곳곳에서 드러났다. 컵라면으로 끼니를 때운 뒤 빨래 바구니에서 구겨진 교복 셔츠를 다시 꺼내 입고 학교에 갈 때마다 수빈은 슬슬 화가 났다. 아빠의 명예 회복이 눅눅하고 꾸깃꾸깃한 교복 셔츠보다 중요한 일인지 묻고 싶어졌다. 체취에 한창 예민할 나이라 혹여 쿰쿰한 냄새가 날까 봐 수빈은 아이들 앞에서 몸을 접듯 구부려 지냈다. 급식비 입금이 안 됐다고, 학원비가 밀렸다고 학교와 학원에서 한마디 들으면 얼굴이 화끈거렸다. 그럴 때면 어딘가에서 피켓을 들고 서 있을 엄마가 원망스러웠다.

엄마는 남편을 잃은 거고, 수빈은 아빠를 잃은 거였다. 누구의 슬픔이 더 크다 말할 수는 없지만 그때 수빈은 겨우 열다섯 살이었다. 아빠가 그리워 울면서도 배가 고팠고 끼니를 챙겨 먹어야 할 나이였다. 급식도 없는 어느 주말, 싱크대에 라면 하나 없고 냉장고에 김치 쪼가리도 찾을 수 없는 현실을 보면서 이건 아니지 싶었다. 집 안을 샅샅이 뒤져도 천 원 한 장 나오지 않았고 어느 곳에선가 시위 중인 엄마는 전화를 받지 않았다. 수빈은 할 수 없이 외할머니에게 전화를 걸었다. 할머니, 배고파.

비쩍 마른 손녀의 모습에 외할머니는 분노했다. 그 원흉이 자신의 딸이었기에 차마 큰 소리를 내진 못했지만 분노의 감정을 다스리며 곱씹듯이 물었다.

"지 새끼 배곯는 것도 모르고 얼마나 훌륭한 일을 하고 다니는지 어디 한번 들어나 보자."

수빈 못지않게 몰골이 흉해진 엄마는 침을 튀겨 가며 사고 의혹에 대해 얘기했다. 강 대령이 야간 초계 비행 시 한 번도 실수한 적 없다는 기록이 있고 또 블랙박스가 발견되지 않았음에도 사고의 원인을 조종사 실수로 돌린 점이 몹시 수상하다며, 이 사고가 아무래도 군 내부의 비밀을 감추기 위해 조작된 것 같다고 핏대를 세웠다. 말로는 수상하다 했지만 얼굴에는 확신이 어려 있었다.

"그래서 뭐? 막말로 그거 때문에 보험금을 못 탔냐, 연금을 못 받았냐? 암것도 손해난 것이 없는데 왜 그러고 다니는데?"

외할머니가 차려 준 밥을 꾸역꾸역 밀어 넣으면서 수빈은 엄마의 대답을 들었다.

"억울해서 그래. 시신도 못 찾았는데 사고 원인이라도 제대로 밝혀 줘야 강 대령도 편하게 눈을 감지."

외할머니가 긴 한숨을 내뱉었다.

"네 맘 모르는 거 아니다. 나도 네 아빠 먼저 보냈을 때 하늘이 무너지고 땅이 꺼지는 것 같았어. 그때는 나도 눈 딱 감고 그냥 죽고 싶더라. 그래도 마음 독하게 먹은 이유는 살아 있는 자식들 입에 밥술이라도 떠 넣어 줘야 한다는 생각 때문이었어. 이것아, 수빈이 야윈 것 좀 봐라. 강 서방 억울하게 간 걸 왜 모르겠니. 하지만 산 사람은 살아야지."

외할머니가 코를 팽 풀었다.

'산 사람은 살아야지.' 시신도 없는 아빠의 장례식장에서 사람들이 엄마에게 했던 말이었다. 영정 사진 앞에서 어찌 저런 말을 할까, 잔인하게만 느껴진 그 말이 그날은 다르게 다가왔다.

"우리 강 대령, 임관 동기들 전부 민항기로 떠났을 때도 군에 남은 사람이야. 파일럿 되면 월급도 오르고 안정된 생활을 할 수 있는데도 포기했어. 그 일로 나한테 얼마나 미안해했는지 알아? 돈 생각 하면 속상했지만 전설로 남을 전투기 조종사가 되겠다는 강 대령 말에 나도 오케이했어. 해군에 뼈를 묻으려 했던 사람이라고. 그런 사람한테 비행 착각이라는 오명을 씌워? 그건 못 받아들이겠어. 남편 없이 살아야 하는 일이 나한테도 막막해. 수빈이 생각하면 얼른 일을 찾아야 한다는 것도 알아. 하지만 이대로 받아들일 수 없어. 내 자존심이 허락하지 않아."

눈물로 풀어내는 모녀의 수난사를 들으면서 수빈은 그간의 허기를 채우듯 밥을 세 공기나 먹었다. 오징어채볶음이 짭조름하니 달았다.

외할머니의 말을 쉽게 들을 거라 생각하지는 않았다. 예상대로 엄마는 당장 다음 날에도 피켓을 들고 길바닥으로 나갔다. 저 쇠심줄보다 질긴 고집을 누가 당해 내. 강 서방이나 되니 데리고 살았지, 아이고 내 팔자야. 욕과 한탄을 뱉어 내면서도 외할머니는 자주 집에 들러 살림을 거뒀다. 몇 달이 지나자 수빈도 엄마를 포기했다. 밥만 보면 폭식을 하던 수빈도, 눈만 뜨면 거리로 나서는 엄마도 각자 '산 사람이 사는' 방식으로 서로를 이해했다.

어느 날 새벽, 수빈이 거실에 나왔을 때 마침 집을 나서려던 엄마와 마주쳤다. 엄마는 식탁 의자에 앉아 전날 외할머니가 삶아 놓은 옥수수를 뜯어 먹으면서 작은 손거울에 의지해 화장을 하고 있었다. 아침밥도 못 차려 주면서 딸의 간식을 뺏어 먹었다는 미안함 때문인지 엄마가 수빈을 향해 겸연쩍게 웃었다.

"딸, 조금만 참아 주라. 마지막 교신 기록이라도 확인이 되면, 그게 납득이 되면 엄마도 이 짓 안 할 거야."

사망한 조종사의 부인이 벌이는 일인 시위가 해군 입장에서도 껄끄러웠을 테고 개인적인 친분을 동원해 몇 번이나 자제해 달라는 연락을 해 왔다. 엄마는 아빠의 마지막 통신 기록을 요구했고 해군은 보안상의 이유로 거절한 상태였다.

"이제부터는 시간 싸움이야. 더 끈질긴 놈이 이기는 거야. 엄마는 이길 거야."

이를 악물고 집을 나서는 엄마에게 수빈이 한 말은 이게 다였다.

"기미 생겼어. 선크림 좀 많이 발라."

외할머니의 왼쪽 뺨에 있는 검버섯보다 더 짙은 기미가 엄마 얼굴을 덮쳤을 때 길고 외로운 시위는 끝났다. 때 이른 6월의 폭염에 그늘 한 줌 없는 곳에서 여섯 시간을 서 있던 엄마는 쓰러졌고, 결국 이겼다. 해군은 비공식 경로를 통해 아빠의 마지막 비행 통신 기록을 알려 줬다.

'미식별 수중 접촉물 탐색 시작.'

'적외선 영상 장비 이용해 감시 추적.'

'자기 탐지 장치 실시.'

'소노부이 발사.'

'음향 탐지 결과 이상 무.'

죄다 알 수 없는 말이었지만 결론은 일상적인 훈련 수행 중에 보낸 통신이었다. 단순 사고라는 해군의 말은 거짓이 아니었다. 통신 기록을 받은 즉시 엄마는 약속대로 시위를 그만뒀다. 장장 오 개월의 일인 시위를 통해 얻은 건 마지막 통신 기록만이 아니었다. 얼굴에 잔뜩 난 기미와 해군과의 불편한 관계, 그리고 엄마의 집착을 지켜본 수빈의 실망이었다.

"아이고, 징그러워라. 이제 다 끝났다."

정나미 떨어진다는 듯 피켓을 발로 밟는 할머니와 달리 엄마는 어쩐지 의기소침해 보였다. 그토록 바라던 통신 기록을 손에 넣었는데도······.

> 아침 9시 집 앞 버스 정류장에서 봐.

계수가 제멋대로 문자를 보냈다. 일찍 불러내서 미안하다든지, 시간 괜찮으냐는 말 한마디 없었다. 이렇게 무례하게 굴면서 왜 굳이 만나자는 거야. 수빈은 마음속에 뾰족 가시 백만 개쯤을 준비하고 약속 장소로 나갔다. 상처받을 때마다 계수한테 하나씩 던질 거야. 엄청 아프겠지. 그래도 괜찮아. 아프라고 던지는 거니까.

계수는 정류장에서 핸드폰을 들여다보고 있었다. 혹시라도 안 올까 조바심 내며 친구가 오는 방향으로 목을 빼고 기다리는 수빈과 달리 계수는 원래 태연하게 자기 페이스를 유지하는 아이였다. 그 모습을 보고 하마터면 이름을 부를 뻔했다. 계수야! 반갑게, 다정하게, 오래된 습관처럼. 얼마나 힘들게 헤어졌는데……. 마음을 다잡았다. 기말고사 핑계를 대면서 간단히 얘기하고 헤어질 거야.

"열흘 뒤에 시험이야."

인사 따위 하지 않고 대뜸 말했다. 무슨 뜻인지 알지? 괜히 핸드폰으로 시간을 확인하면서 한껏 눈치를 줬는데……. 계수가 난 다음 주부터야, 하면서 말을 막았다. 수빈이 우물쭈물하는 사이 계수가 또 말했다.

"가면서 얘기할게. 저기 버스 온다."

계수 페이스에 말려들었다. 얼결에 버스를 타고 또 어쩌다 보니 뒷좌석에 나란히 앉았다. 꼭 삼 년 전처럼.

*

"옆 반 조민혁 어때?"

수빈이 앞자리 눈치를 보며 조심스레 물었다. 뭐야, 너 개한테 관심 있었어? 미나도 주위를 둘러보며 작게 말했다.

"어차피 지금은 우리 학교 애들 없어. 답답하게 속닥거리지 좀 마."

계수가 자기 키만큼 큰 목소리로 핀잔을 줬다. 수빈보다 미나가 먼저 눈살을 찌푸렸지만 정작 당사자인 계수는 눈치 없이 가방을 뒤적거리며 딴청을 피웠다.

정문 앞 마을버스는 하교 시간이면 스쿨버스가 따로 없을 정도로 같은 학교 아이들이 많이 탔다. 세 대만 보내면 한가하게 갈 수 있는데도 아이들은 미어터지는 버스에 몸을 실었다. 수빈과 계수, 미나는 편의점 앞 파라솔에서 느긋하게 아이스크림을 먹거나 과자 한 봉지를 나눠 먹으며 세 대를 보낸 뒤 버스를 탔다. 수빈이 버스를 여유 있게 타려는 건 친구들과 더 오래 있고 싶어서였지 아무 얘기나 크게 떠들고 싶어서는 아니었다. 계수는 그런 수빈과 종종 어긋났다.

원래 계수는 미나의 친구였다. 미나가 2학년 때 수빈과 같은 반이 되면서 가까워졌고 자연스레 계수도 함께 어울리게 됐다. 수빈이 미나와 가까워진 건 어쩌면 코드와 취향이 비슷해서였다. 계수는…… 미안하지만 미나 뒤로 '원 플러스 원'처럼 딸려 온 아이였다. 당연히 앞의 '원'이 미나였지만 뒤의 '원'도 나쁘지 않았다. 시원시원하고 뒤끝 없는 아이야. 미나의 말처럼 계수는 정말 그랬다.

"미안, 어제 학원에서 잠깐 미나 만났어."

수업 과목은 달랐지만 수빈은 미나와 같은 학원을 다녔기에 끝나는 시간이 맞으면 둘이서 종종 따로 만나고는 했다. 미나와 무심코 학원 얘길 하다가 계수와 눈이 마주치면 수빈은 저도 모르게 미안, 하고 말했다. 혹시나 자신을 빼고 둘이서만 만났다고 계수가 오해할까 봐 신경이 쓰였다.

"갑자기 웬 미안?"

그럴 때마다 계수는 뜬금없이 무슨 소리냐는 얼굴로 수빈을 바라봤다. 처음에는 자신이 딸려 온 '원'이라는 걸 알아서 먼저 조심하는 건가 했는데 계수는 원래 그런 아이였다. 남의 시선이나 생각에 별 관심이 없었다. 계수와 달리 미나는 대체로 섬세하지만 때로는 대범하게 일을 저지르는 타입이었다. 섬세한 면에서는 수빈이랑 통했고, 대범한 면에서는 계수랑 잘 맞았다. 사실상 미나가 셋의 중심이었다. 미나가 수빈에게도, 계수에게도 소홀하지 않게 대했기에 셋은 탄탄한 관계를 유지할 수 있었다. 동일한 변과 각으로 이루어진 정삼각형처럼 어느 한쪽으로도 치우치지 않았다.

"내일은 시간 안 돼. 문비 언니 시켜."

우연히 계수의 전화 소리를 들은 수빈은 언니 이름도 독특하네, 자매 이름은 누가 지은 거야? 물었다. 그런데 봉변을 당했다는 듯 날카로운 대답이 돌아왔다.

"난 우리 집 얘기 하는 거 안 좋아해."

빤히 들리는 곳에서 전화를 받았으면서 남의 사생활에 관심 갖는 저속한 사람 취급을 하다니. 수빈이 발끈하려 하는데 계수는 먼저 간다며 자리를 떴다. 뭐, 저런 애가 있어? 수빈이 어이없어하자 미나가 참으라며 눈을 찡긋했다.

계수는 임업 연구원인 아버지가 지은 이름이라고 했다. 설탕 시럽같이 달콤한 향내가 나는 계수나무가 좋아서 둘째 딸 이름을 계수라고 지었단다. 계수의 언니 이름은 가문비나무에서 따왔다고 했다. 이름에 얽힌 비하인드 스토리는 계수가 아니라 미나가 말해 줬다. 계수한테 아빠 얘기 묻지 말라면서. 혹시 이혼? 하고 수빈이 물었더니 미나가 격하게 고갤 끄덕였다.

"이혼이 무슨 커다란 흠이라고 아빠 얘기도 못 꺼내게 해? 보기보단 안 쿨하네."

수빈의 말에 미나는 계수 아빠가 딱 '내로남불'이거든, 하고 말했다.

내가 하면 로맨스, 남이 하면 불륜? 미나가 천천히 고개를 끄덕였다. 미나 덕분에 이해는 됐지만, 주변에 무심한 계수의 태도가 너도 나에 대해 알려 하지 마, 하는 방어막일지도 모른다는 생각이 들었다. 그래서 수빈은 자기 이름 이야기도 계수에게 하지 못했다.

수빈의 이름도 아빠 강 대령이 지었다. 야간 비행을 할 때 바다에 비친 별빛이 너무 아름다워서 붙여 준 이름이라 했다. 물 수(水)에 빛날 빈(彬).

"휘이익도 아니고 쌩 지나가는 전투기에서 그런 것도 보여? 물에 비친 별빛이?"

"보여. 아빠는 조종사잖아."

전투기의 속도는 마하로 측정한다. 마하는 음속, 그러니까 소리의 속도를 뜻한다. 일 초에 340미터를 가고 시속으로 치면 1,200킬로미터를 간다. 아빠는 스텔스 전투기가 자신의 애마라고 농담처럼 말했다. 애마를 몰고 서울 부산을 왕복하면 십여 분밖에 안 걸린다고 했다.

"십 분? 그게 가능해?"

"아니, 사실 중요한 건 그게 아니야. 전투기를 사적으로 몰면 영창행이거든. 아빠 말의 포인트는 조종사에게는 좋은 시력과 정확한 판단력이 제일 중요하다는 거야. 그만큼 빠른 속도로 매 순간을 맞닥뜨려야 하니까."

아빠는 시력이 좋았다. 지금은 조종사를 뽑을 때 교정시력도 인정이 된다지만 아빠가 지원했을 때는 어림도 없었다고 했다.

"인간이 가진 정보의 80퍼센트는 눈을 통해서 얻는 거래. 그런 면에서 아빠는 참 운이 좋은 경우지. 멀리까지 볼 수 있는 눈을 갖고 태어났으니까."

아빠는 눈에 대한 자부심이 대단했다. 그건 조종사로서 자긍심이었지만…… 계기판보다 본인의 눈을 신뢰한 것으로 판단된다는 사고 경위를 돌이켜 보면 그릇된 착각이었다.

아빠는 엄마의 눈을 보고 결혼을 결심했단다. 종로에 있는 카페 '약속'에서 소개팅을 한 날, 아빠는 약속 시간보다 무려 사십 분을 늦었다. 지하철이 고장 났다는 뉴스를 듣고 탄 버스는 주말 도심을 점령한 시위대에 꽉 막혀 꼼짝도 안 했다. 부대에 핸드폰을 두고 나온 바람에 양해 전화도 못 한 매너 없는 군인을 기다려 줄 여자는 없을 거라는 생각으로 카페에 들어섰는데…… 세상에, 엄마는 그 시간까지 '별'을 달 거라는 희망 따위 없는 그야말로 별 볼 일 없는 군인을 기다리고 있었다.

"지금처럼 스마트폰이 있을 때가 아니었으니 지하철 사고도, 기습 시위 소식도 몰랐을 텐데 당신이 얼마나 힘들게 여기까지 왔는지 알겠다고, 그러니까 괜찮다고 눈으로 말하는 거야. 아빠는 그 순간 엄마 눈을 뚫어지게 쳐다봤어. 수줍어 어쩔 줄 모르는 엄마를 보면서 바로 느꼈지. 이 사람은 나를 오래오래 믿어 줄 사람이구나……."

아빠는 눈을 게슴츠레 뜨고 자랑스러워하면서 엄마와의 로맨틱한 첫 만남을 얘기하곤 했다.

엄마가 정말 그랬다고? 수빈이 의심했던 대로 엄마가 말한 실상은 아빠와는 꽤나 달랐다. 엄마 역시 지하철 고장과 꽉 막힌 도로 사정으로 약속 시간에 늦었다. 늦어서 죄송하다는 문자를 보내도 답이 없고 전화도 안 받기에 언짢은 마음으로 약속 장소에 도착했을 때 소개팅남의 흔적은 어디에도 없었고 엄마의 인내심은 한계치를 넘어섰단다.

엄마는 개삐리리, 십삐리리 자주 입에 올리던 욕을 해 가며 열받은 속이나 다스리려고 일단 아이스커피를 주문했다. 커피를 한 모금 쭉 들이켰을 때, 정신이 반쯤 나간 얼굴의 군인이 카페 문을 벌컥 열어젖히고 헐레벌떡 들어왔단다. 어디서부터 뛰어온 건지 초겨울인데도 땀을 비 오듯 흘리는 군인을 보며 엄마는 개삐리리 십삐리리 욕했던 것도 잊고 손을 번쩍 치켜들었다. 당신이 찾는 사람이 바로 나라면서.

"차 많이 막혔죠?"

미안하다는 아빠의 사과를 받기도 전에 엄마가 먼저 말했단다. 눈으로 말한 게 아니고? 아빠가 눈으로 말했다는 대목에서 엄마는 콧방귀를 뀌며 눈으로 어떻게 말을 하니, 나도 좀 전까지 꽉 막힌 도로에 있었으니까 알고 한 말이지, 했다.

아빠는 늦어서 미안하다고 몇 번이나 사과를 했단다. 하지만 그 순간 엄마 앞에 놓인 유리컵을 유심히 봤다면, 컵의 표면을 타고 흘러내리는 물방울을 봤다면, 엄마도 불과 몇 분 전에 카페에 도착했음을 알 수 있었을 거라 했다.

"뭐야? 눈이 엄청 좋다더니?"

좋은 시력과 정확한 판단력이 제일 중요하다던 아빠는 왜 그것도 알아차리지 못했을까. 수빈이 궁금해하자 엄마는 쑥스럽다는 듯 히죽 웃었다.

"사랑에 눈이 먼 거지."

아무튼 사랑에 눈이 먼 아빠의 착각은 하나 더 있었다. 아빠가 그윽하게 바라봤을 때 수줍어 어쩔 줄 몰라 했다는 엄마는 그 나름의 사정이 있었다.

"이 남자가 알아차렸나 해서 깜짝 놀랐지 뭐야. 친구가 하도 꼬드겨서 몇 달 전에 쌍꺼풀 수술을 했었거든. 군인이 뭘 알까 했는데 갑자기 눈을 뚫어지게 쳐다보는 거야. 들켰구나 싶어서 얼마나 당황했는지 몰라."

오래오래 나를 믿어 줄 사람이구나, 느꼈던 엄마의 눈빛은 실은 쌍꺼풀 수술을 들켰다는 당혹감의 표현이었다. 아빠와 엄마의 사랑은 착각과 오해로 시작된 거였다.

나란히 앉은 것이 못내 불편했다. 계수도 창밖을 보고 있지만 마음이 편치 않은지 큼큼 마른기침을 했다. 큼큼……. 아직 계수의 습관을 기억하고 있구나 싶어 새삼스러웠다.

"아버지 사고는 잘 해결됐니?"

결국 계수가 먼저 말을 꺼냈다. 잘 지냈니,라는 형식적인 말이 아니라서 조금은 다행이었다.

"아직."

아직? 계수는 깜짝 놀란 표정을 지었지만 더 이상 묻지는 않았다. 구질구질한 얘기는 듣고 싶지 않겠지. 이미 삼 년 전에 일인 시위 나가는 엄마 때문에 힘들다고 징글맞은 하소연을 다 퍼부었으니까. 너는 여전히 타인의 사정에 무심하구나. 우리는 이래서 갈라섰던 거야…….

도시 외곽으로 빠지는 노선이라 이른 아침인데도 사람들이 제법 많았다. 버스의 종착지는 놀이공원이었다. 설마 놀이공원에 가자는 건 아닐 테고 도대체 어딜 가는 걸까?

"아직 멀었어?"

어디 가는 거냐고 에둘러 물었다. 줄곧 창밖을 보던 계수가 갑자기 허벅지에 올려놓은 백팩을 뒤지더니 박하 맛 사탕 하나를 건넸다. 사탕이 다 녹으면 도착할 거라는 뜻인지, 아니면 오래 가야 하니 심심하지 않게 먹으라는 뜻인지 종잡을 수 없었다. 좋게 말해 자기 페이스지 계수는 늘 이런 식이었다. 누가 오해를 하든지 말든지…… 자기 행동은 생각 못 하고 꼭 오해하는 사람이 속 좁은 것처럼 말했다. 그만두자. 계수가 아빠 사고 이야기를 묻지 않은 것처럼 수빈도 그러기로 했다. 쓸데없는 고집인 걸 알면서도 그랬다.

사탕을 입에 넣고 수빈도 입을 꾹 다물었다. 잘났다, 기집애야. 나도 너만큼 쿨해. 절대로 아무것도 안 물을 거야.

수빈의 침묵이 부담스러운지 계수는 이어폰을 귀에 꽂았다. 힘들지? 그래도 한 시절 가장 가깝게 지낸 친구였는데 말 한마디 섞지 않는 게 고약하지? 하지만 수빈도 살갑게 말을 건네고 싶지 않았다. 계수 앞에서 말을 꺼내면 어쩔 수 없이 미나 얘기가 나올 테니까. 그건 정말 피하고 싶었다.

갑자기 버스 안이 어두워졌다. 터널이었다. 짧은 어둠을 틈 타 수빈은 곁눈질로 계수를 살폈다. 창으로 계수의 얼굴이 비쳤는데,

뜻밖에 눈물을 흘리고 있었다.

승패가 나고 대국이 끝나도 바둑 기사들은 바둑판 위 검은 돌과 흰 돌을 다시 처음부터 하나씩 놓으며 복기를 한다. 어떤 돌을 잘 못 놓았을까. 수빈도 시간이 지난 후 셋의 어긋난 관계를 복기해 봤다. 어떤 행동이, 어떤 말이 잘못이었을까를. 돌이켜 생각해 보면 누구도 잘못하지 않았다. 그저 타이밍이 나빴을 뿐. 이해해야 할 순간에 애써 오해하고, 오해를 풀어야 할 순간에 지레 발을 뺐다.

바둑판 위에서 의미 없는 돌은 없다고 하던데……. 정말 그럴까 의심하면서도 수빈은 바랐다. 수없이 어긋난 이해와 오해의 모든 순간이 먼 훗날에는 문득 그리워지는 추억으로 남기를……. 다시 만나긴 싫지만 두 아이에게도 그러기를 바랐다.

안정적인 셋의 관계를 삐걱거리게 한 사람은 계수였다. 아니, 냉정하게 말하면 수빈일지도 몰랐다.

"전투기 조종사라 하지 않았어? 갑자기 웬 해군?"

계수가 수빈의 말을 끊었다. 아빠의 사고에 대해 해군 측에서 아무런 답을 안 준다고, 이대로라면 엄마의 시위가 더 길어질 것 같다고 말하던 중이었다.

전투기 조종사라 하면 공군을 먼저 떠올렸다. 자주 듣는 말이었고, 누구나 할 수 있는 오해였다. 하지만 각별히 지냈던 아이에게서 또 듣고 싶진 않았다. 바다를 지키는 건 군함만이 아니라 전투기도 있으며 아빠 강 대령은 해군 소속이라고 이미 말했었다.

수빈은 계수를 멀거니 보았다. 타인의 삶에 전혀 관심이 없다는 계수에게 자신도 그 '타인'에 속하는지 묻고 싶었다. 화난 걸 티내지 않으려고 일부러 천천히 말했다. 전에 얘기한 거 같은데……. 그랬나? 계수는 어딘가로 문자를 보내며 무심히 대꾸했다. 차라리 깜빡 잊었다고, 착각했다고 말했으면 좋았을걸. 미안하다는 말 한마디면 됐을걸.

'해군 초계기 서해상 추락!'

아빠의 사고는 신문에도 났다. 아니, 사고의 규모를 떠나 친구의 아빠가 세상을 떠난 일이었다. 공군, 해군 소속이 뭐 그리 중요한 문제라고, 아니 정작 중요한 문제라고 생각지도 않으면서 괜히 심술부리듯 쿡 찔러 묻는 계수의 속마음이 알고 싶어졌다.

수빈은 그제야 장례식장에서의 한 장면이 떠올랐다. 펑펑 우는 미나 옆에서 계수는 눈물 한 방울 흘리지 않고 멀뚱멀뚱 서 있었다. 상주 노릇을 하는 경황없는 와중에도 수빈은 그 장면이 몹시 이상하게 느껴졌었다.

수빈을 친구로 여겼다면 정말 그럴 수 있었을까? 이런 애 앞에서 아빠의 사고 얘기를, 사고 경위에 집착하는 엄마 얘기를 하고 싶지 않았다. 빨래 바구니에서 다시 꺼내 입은 교복을 계수에게 보여 주고 싶지 않았다. 조금씩 잔금이 가던 관계를 정리하기로 마음

먹은 건 바로 그날이었다.

아무리 뒤의 '원'이 좋아도 덤일 뿐이었다. 미나가 곤란해할 걸 알면서도 수빈은 계수와 거리를 두겠다고 말했다.

"걔가 나쁜 애는 아니야."

가운데 끼인 미나가 난처해하며 수빈을 설득했다.

"날마다 어울리는 친구가 아빠를 잃었는데 위로도 못 해 주는 아이가 나쁘지 않으면 도대체 누가 나쁜 애니?"

"계수는 마음이 없는 게 아니라 마음을 표현하는 요령이 없어서 그래."

"됐어. 난 마음 접었어."

수빈은 더 미련 없다는 듯 미나를 두고 돌아섰다. 미나가 자신과 계수 중에 하나를 선택한다면 자신일 거라고 눈치채고 있었다. 어느 순간부터 조금씩 수빈과 미나가 더 자주 만났고, 자주 만나다 보니 잘 통했고, 더 친한 사이가 되었다. 수빈은 이길 승산이 높은 도박을 걸었던 거였다.

수빈의 도박은 이겼다. 수빈의 결정과 미나의 선택에 의해 셋은 안정적인 정삼각형에서 이등변 삼각형이 됐다. 수빈과 미나가 아래의 두 점이라면 계수는 홀로 있는 꼭짓점이었다. 점점 더 가까워지는 아랫변과 달리 삐죽이 멀어지는 꼭짓점으로 이루어진 이등변 삼각형. 정삼각형이었다고는 믿을 수 없을 만큼 비대칭한 도형.

환승하려고 내렸는데 타야 할 버스가 바로 눈앞에서 떠났다. 정류장 전광판에 다음 버스는 이십이 분 남았다는 글자가 떴다. 한적한 정류장 의자에 계수와 나란히 앉았다. 계수가 수빈을 바라봤다. 마지못해 쳐다볼 거 없어. 수빈이 눈 돌릴 핑계로 핸드폰을 꺼내 들었을 때였다.

"기체 결함 재판에서 졌다던데……."

너무 놀라서 핸드폰을 떨어뜨릴 뻔했다. 겨우 지난주 일이었다. 계수가 그걸 어떻게 알았지? 수빈이 말을 못 잇자 계수가 다시 말했다.

"맞구나. 인터넷에서 찾아보고 혹시나 네 아빠 사건이 아닌가 했어."

아빠의 마지막 교신 기록을 받고 손을 놓았던 엄마가 다시 재판을 연 이유는 어느 늦은 밤에 본 해외 뉴스 때문이었다. 괌 앤더슨 공군 기지에서 출발한 스텔스기가 이륙 직후 엔진에서 불꽃이 일어 조종 불능 상태에 빠졌으며 곧바로 추락했다는 짧은 단신이었다. 엄마는 또다시 눈을 반짝였고, 서툰 인터넷 검색으로 괌 추락 사건이 기체 이상으로 의심된다는 정보를 찾아냈고, 그 전투기가 아빠가 몰던 것과 동일한 기종이라는 것도 알아냈다. 엄마는 스텔스 전투기를 제조한 미국의 항공 우주 기업을 상대로 소송을 걸었다. 조잡하게 만든 피켓으로 일인 시위를 벌이는 것과 달리 큰돈이 오가는 싸움이었다. 재판에 승소하기 위해 엄마는 고가의 수임료를 부른, 그만큼 승소율이 높은 전문 변호사를 구했고, 이기기 위해 목숨 걸고 싸웠다. 팜 전투기 조종사의 유가족이 재판에서 승소했으니 쉽게 이길 거라 예상했는데……. 재판부는 기체 이상으로 의심할 만한 요건을 충족할 수 없다는 판단을 내렸고 엄마는 패소했다. 그럴 리가 없어. 뭔가 잘못됐어. 재판이 끝난 후 엄마는 오래전처럼 멍하니 혼잣말만 했다. 아빠의 사고 후 삼 년의 시간은 앞으로 흐르지 않고 더께가 앉은 화석처럼 굳어 있었다.

쌍꺼풀 수술을 한 엄마의 눈은 못 알아봤지만 자신을 오래오래 믿어 줄 여자라는 아빠의 눈은 정확했다. 엄마는 절대로 비행 착각 현상일 리 없다고 확신하며 긴 재판 과정을 버텼고 돈과 시간을 다 잃어버리고 나서도 포기하지 않고 항소를 하겠다 고집을 부렸다.

엄마가 아빠의 명예 회복에 광기 어린 집착을 보이는 동안 수빈은 법정 안팎의 진흙탕 싸움을 지켜보며 또다시 외롭고 고독하게 지내야 했다. 이제는 아빠의 사고 원인이 버티고든 기체 이상이든 해군의 음모든 상관이 없었다. 얼른 결론이 나서 조용히 지냈으면 싶은 마음뿐이었다.

계수야, 넌 여전히 타인의 사정 따윈 관심 없구나. 아빠의 사고 때문에, 아니 엄마의 집착 때문에 얼마나 힘들어했는지 다 알면서. 무슨 약점을 잡고 싶어서 기사를 검색한 거니? 갑자기 눈이 시큰해지면서 눈물이 차올랐다.

"어, 미안. 그냥 모른 척할 걸 그랬네. 난 항상 이래. 뒷북이 심해."

계수가 우왕좌왕 어쩔 줄 몰라 했다. 이런 계수의 모습은 본 적이 없었다. 수빈이 눈가를 스윽 닦았다.

"됐어. 너 때문 아니야. 갑자기 복받쳤어."

그러는 너는 아까 왜 울었니, 묻고 싶었지만 참았다.

"나, 아빠랑 살아."

계수가 느닷없이 말했다. 그런데 아빠라니? 말도 못 꺼내게 했던 아빠랑? 수빈의 표정을 읽었는지 계수가 멋쩍어했다.

"우리 아빠 얘기는 알고 있지? 내가 죽을 만큼 미워했던 것도. 죽을 때까지 아빠를 안 만난다 맹세했었는데…… 엄마가 갑자기 재혼을 했어. 새아빠랑 사는 게 잘 안 맞더라고. 그래서 아빠랑 살게 됐어. 정작 바람 피웠던 아빠는 혼자 사는데…… 우리 집 되게 웃기지?"

계수가 피식 웃었지만 수빈은 따라 웃지 않았다. 웃기지 않아. 너희 집이 웃기면 우리 집은 더 우스운걸.

"그런 사정을 알리기 싫어서 전학 간 거야."

중학교 3학년 졸업을 앞두고 계수가 갑자기 전학을 갔다. 이미 그 전에 둘은 사이가 멀어졌지만 어느 날 갑자기 계수의 얼굴을 볼 수 없다는 게 수빈에게는 또 다른 허전함을 안겼다.

어느새 이십이 분이 지났는지 버스가 왔다. 한적한 버스에 빈자리가 많았지만 이번에도 맨 뒷자리에 가서 나란히 앉았다. 수빈은 슬쩍 계수를 훔쳐봤다. 여전히 무슨 생각을 하는지 알 수 없는 얼굴이었다.

아빠는 사람에게는 빈틈이 있어야 한다고 말했다. 먼저 빈틈을 보여야 상대방도 마음을 놓을 수 있다고. 계수의 뜻밖의 고백에 수빈도 슬며시 마음이 누그러졌다. 그래서 묻고 싶었다. 우리 지금 어디 가냐고. 그런데 뒷북이 심하다던 계수가 이번에는 수빈의 빈틈을 먼저 알아챘다.

"아직도 미나가 밉니?"

맞아, 계수는 이런 아이였지. 빙빙 돌리다가 정곡을 찌르는 성격. 이게 목적이었지? 한 방에 훅 무너지는 느낌이었다.

두통이 심해 학원 수업 중간에 빠져나왔을 때 눈앞에 그 애가 있었다. 한때 수빈의 가슴을 뛰게 만들었던 아이 조민혁. 그런 일이 있었던가 할 만큼 아득하게 먼 옛일처럼 느껴졌지만 생각해 보면 불과 서너 달 전 일이었다. 아빠의 사고 이후 시간 감각이 뒤죽박죽이었다.

피해 갈 틈도 없이 딱 마주쳤지만 그 마주침이 사건의 전조는 아니었다. 수빈이 비켜서려고 왼쪽으로 발을 옮겼을 때 조민혁은 오른쪽으로, 수빈이 다시 오른쪽으로 옮겼을 때 조민혁은 왼쪽으로 옮긴 것이 결정적이었다. 냉정하게 따지고 보면 우연이었을 텐데, 두통으로 사고 체계에 오류가 난 수빈은 우연을 필연의 징후로 오해했다. 게다가 수빈은 그때 지독히 외로웠다. 가슴속에 웅크리고 있던, 한계치를 넘어선 외로움이 그만 입 밖으로 튀어나와 버렸다.

"나 너 좋아해."

내뱉자마자 맥락도 없는 이 고백이 얼마나 이상한 짓인가 하는 깨달음이 뒤통수를 치며 찾아왔다. 아차 싶었다.

"헤헤, 놀랐지? 농담이야. 설마 진짜로 믿은 건 아니지?"

일만 톤의 수치심과 무안함을 농담처럼 넘기려 했지만 조민혁은 여전히 놀란 채 아무 반응이 없었다. 아닌 척해도 굴욕감에 온몸이 뜨끈뜨끈했다.

"신경 쓰지 말고 볼일 봐. 암튼 난 간다."

순간 이동이라도 해서 빨리 사라지고 싶었지만 최대한 천천히 걷다가 모퉁이를 돌자마자 미친 듯이 뛰었다. 정말 농담으로 알아들었을까? 아니면 어떡하지? 부끄러워 죽고 싶었다.

"설마 내가 자기를 좋아한다고 오해하진 않겠지?"

학원 앞에서 벌인 고백 해프닝을 미나에게 전한 이유는 그만큼 자신이 불안한 상태라는 것을 알리고 싶어서였다.

"오해가 아니라 이해지. 너 조민혁 좋아하잖아."

틀린 말은 아니었지만 건수 잡았다는 듯 배를 잡고 웃는 미나를 보자 수빈은 슬그머니 부아가 치밀었다.

그때 수빈은 모래바람 부는 황량한 사막에 홀로 유배된 은둔자처럼 막막하고 쓸쓸한 상황이었다. 갈 길은 먼데 바람이 거세게 불어 양피지 지도는 날아가 버렸고, 사막을 함께 건널 쌍봉낙타도 잃어버렸고 허리춤에 찬 호리병 속 물은 진작 떨어지고 없었다. 누구라도 수빈에게 다가온다면 덥석 손을 잡아야 할 처지였지만 깊은 고독 속에서 표독스러운 성질밖에 남아 있지 않았던 수빈은 자신을 향한 따뜻한 눈빛과 구원의 손길을 저급한 호기심과 싸구려 동정으로 느꼈다.

미나는 원래 잘 웃는 아이이고 친구의 걱정스러운 마음을 풀어주려고 더 크게 웃은 거라는 걸 알면서도, 수빈은 비웃음을 당했다는 생각에 왈칵 성질을 부리고 말았다. 수빈이 정색하자 미나도 그제야 웃음을 멈췄지만 어색한 분위기를 풀지 못한 채 헤어지고 말았다. 지도가 없어도 밤하늘에 콕콕 박힌 별자리를 보고 방향을 잡았더라면, 쌍봉낙타가 없어도 사막에서 만난 나그네를 벗 삼아 같이 걸었더라면 덜 헤매고 덜 외로웠으려나. 오도카니 혼자서 보내는 사막의 밤처럼 수빈은 점점 고립되고 있었다.

며칠 후, 도서실 봉사 당번을 끝내고 집으로 가는데 정문 앞에 계수가 보였다. 계수와 멀어지기로 마음을 정한 순간부터 말 한마디 나누지 않았다. 미나가 계수에게 뭐라 언질을 준 건지 계수 역시 수빈을 봐도 말을 걸지 않았다.

아무래도 어색할 거야. 오다가다 마주치면 뭐라 하지? 그동안의 걱정이 무색할 만큼 계수는 수빈을 보고도 표정 하나 변하지 않았다. 정면으로 스쳐 지나가면서도 마치 앞에 아무도 없는 듯 편안한 얼굴이었다. 너 같은 존재는 안중에도 없다는 듯 굴었다. 그래도 일 년 넘게 웃고 떠들고 어울렸는데 그 시간은 어떻게 설명할래? 너 진짜 웃긴다. 우리한테서 아웃된 건 내가 아니라 너거든.

우리. 강수빈과 진미나가 합쳐진 우리. 그 '우리' 사이에 오해가 생긴 건 수빈이 계수를 피해 후문으로 발길을 돌린 즉흥적인 행동 때문이었다. 정문 앞 정류장에서 타는 마을버스와 달리 후문 앞 버스는 길을 빙 돌아갈 뿐 아니라 내린 뒤에도 수빈의 집까지 제법 걸어가야 했다.

오래 기다린 데다 앉을 자리도 없이 북적북적한 버스를 타고 수빈은 후회했다. 내가 왜 계수를 피했지? 아무 일도 없는 것처럼 뻔뻔하게 같이 버스를 탈걸……. 다음번에는 계수 앞에서 미나와 같이 하하 호호 웃고 떠드는 모습을 보여 줘야지. 짓궂은 생각을 하자 수빈 입가에 절로 웃음이 걸렸다.

"오, 제법 쿨한걸. 여자애들은 베프한테 남친 생기면 질투한다 하던데."

같은 정류장에서 내린 같은 반 남자애가 수빈에게 갑자기 말을 걸었다. 남친? 질투? 수빈이 못 알아듣자 남자애가 손을 쭉 뻗어

한곳을 가리켰다.

"저거 보고 웃은 거 아냐?"

체육복 반바지 아래로 다리털이 북실했던 남자애는 손등에도 징그럽게 털이 나 있었다. 그 징그러운 털이 난 오동통한 손이 가리킨 곳에 미나가 보였다. 학원 보강이 있어 먼저 간다던 미나가 왜 저기에? 고개를 갸웃하기도 전에 답이 보였다. 패스트푸드점 2층 창가에, 미나 앞에 앉은 조민혁이 보였다.

"쟤네 사귀는 거 아니야? 며칠 전에도 둘이 같이 있던데."

짐승과 인간의 중간 단계라는 중3 남자아이들은 인지 능력 또한 다 이 모양일까? 수빈의 얼굴이 굳은 걸 보고도 끝내 한마디를 더 보태는 걸 보면.

"조민혁이 지난번 수학여행 때 진미나가 이상형이라고, 고백할 거라고 그랬대. 넌 못 들었어?"

그냥 좀 가지. 두꺼운 피하 지방을 뚫고 나온 털들이 그만큼 자라는 동안 눈치는 최소한으로도 키우지 못한 남자애가 수빈을 괴롭히려는 악의라고는 전혀 없이, 여자애들은 친한 사이에서도 연애 얘기는 감추는구나, 하는 순수한 깨달음을 보였다. 정말 몰랐어? 남자애가 묻기도 전에 수빈이 먼저 말했다.

"나 미나랑 안 친해."

말하고도 놀랐다. 조금 전까지, '우리'였는데…….

"친하지 않았어?"

얘는 아직 확실히 짐승 쪽이구나. 순진하기보다 무지하구나. 또 다시 묻는 남자애에게 수빈이 말했다.

"싸웠어. 이제 안 친해."

싸우겠지…… 싸울 거야…… 그러니까 안 친해. 수빈의 단호한 표정을 보고 나서야 남자애는 제 갈 길을 갔다. 아무 일 없었다는 듯 홀연히 떠나는 남자애의 뒷모습을 보면서 수빈은 입술을 깨물었다.

버스가 신호 때문에 잠시 정차했다. 국도 변 주유소 앞에 세워진 풍선 인형이 진지한 계수의 얼굴을 비웃듯 요란하게 춤추었다.

"그 일은 오해였대."

그 일이 뭔지 바로 알아들었다. 그런데 계수 네가 뭐라고 해묵은 변명을 하는 거니? 오해고 이해고 네 일도 아니면서.

그때, 미나도 오해라고 했었다. 조민혁이 고백한 건 맞지만 자신은 거절했다고. 자신이 조민혁을 만난 건 거절의 말을 전하기 위해서였다고. 거절은 한 번이면 되지 않아? 미나는 아무 대답도 하지 않았다. 거절은 핑계고 네가 이상형이라는 남자애 앞에서 괜히 우쭐한 상황을 즐기고 싶었던 건 아니니? 그 말에도 미나는 고개만 저었다. 아니면 나 몰래 사귀고 싶었던 거니? 그건 진짜 아니야. 미나가 억울하다는 듯 대답했다.

그날 학원 앞으로 조민혁이 찾아왔던 것도 너 때문이었구나. 그

것도 모르고 고백을 해 버렸으니, 또 그걸 네 앞에서 얘기했으니 내가 얼마나 바보 같았을까? 친구를 바보로 만들어 놓고 몰래 비밀을 즐겨서 좋았겠네. 정말 아니야. 사정이 있었어. 무슨 사정? 왜 제대로 말을 못 해? 재수 없게 걸렸으니까 몇 번으로 끝났지 안 걸렸으면 계속 만났겠구나. 우린 이제 끝이야.

이등변 삼각형의 밑변이었던 '우리'는 그렇게 망가져 버렸다.

그 일이 정말 수빈의 오해였을까? 그런데 '우리'에서 가장 먼저 아웃된 계수가 그 일을 어찌 알았을까? 수빈 얼굴에 떠오른 의문을 본 듯 계수가 대답했다.

"미나한테 들었어."

나 모르게 미나와 계속 만나고 있었던 거구나. 그러고 보니 계수는 수빈보다 더 오랜 시간 미나와 친구였다. 그러니까 너희 둘이 '우리'였구나. 혼자 남은 줄도 모르고 내가 '우리'라 착각했구나. 수빈은 지나간 일인데도 새롭게 서운했다.

"미나가 도와 달라 했어. 너와의 오해를 풀고 싶다고."

점점 가관이었다. 오랫동안 연락이 없던 계수가 전화한 게 미나의 지시를 받아서라니. 기분이 확 상했다.

"듣기 싫어. 나 내릴래."

자리에서 일어나려는데 계수가 수빈의 손목을 확 잡았다. 앉아, 하며 잡아끄는 힘과 갑자기 출발한 버스 탓에 수빈은 의자에 처박히듯 앉고 말았다. 꼴이 우스워졌다.

"이게 뭐 하는 짓이야."

"내 얘기 조금만 들어 줘. 네가 나를 멀리하면서부터 미나 역시 나한테서 멀어졌어. 미나는 나랑 부딪친 일이 전혀 없었는데도 그랬어. 어쩌다 마주쳐도 눈만 찡긋하고 말은 걸지 않았어. 아마 자기 나름대로 너한테 의리를 지키려는 눈치였어."

그럼 그때까지는 미나와 내가 '우리'가 맞았구나. 유치하게도 마음이 놓였다.

어느새 정류장에서 올라탄 사람들이 하나둘 뒷자리까지 들어차자 계수는 대화를 들키지 않으려 고개를 숙인 채 나직한 목소리로 말했다. 꼭 관객도 없는 연극의 독백 같았다.

"난 좀 억울했어. 친구 두 명을 한꺼번에 잃을 만큼 내가 큰 잘못을 저질렀나 싶었어. 하지만 그땐 나도 서운할 겨를이 없었어. 엄마의 재혼 문제로 바로 전학을 가야 했으니까. 미나한테서 전화가 온 건 작년이었어. 다른 친구를 통해서 내 바뀐 번호를 알아냈나 봐. 너랑 같이 셋이 한번 만났으면 했어."

수빈은 불쾌해서 다시 일어서고 싶었지만 사람들로 꽉 찬 버스 안을 뚫고 나갈 자신이 없었다. 무슨 말을 하나 끝까지 듣고 싶다는 오기도 생겼다.

"미나가 둘이서라도 만나자고 했을 때 내가 거절했어. 오래전에 나한테 냉정하게 굴었던 일이 괘씸했거든. 내가 아니라 너를 택한 것도 미웠고. 그래도 미나를 만났어야 했어……."

꽤나 시끄러운 일행이 탔는지 버스 안이 소란스러워졌고 계수의 말이 잘 들리지 않았다. 그래도 더 크게 말해 달라고 하기는 싫었다.

"미나는 제 입 놔두고 왜 너한테 시킨다니?"

고개를 든 계수가 수빈을 바라보더니 울컥해 했다. 뭐가 억울해서 그러니? 억울하면 말을 하든가. 너, 그런 거 잘하는 애잖아.

"미나는 너한테 나쁜 일은 하지 않았어."

뒷말은 안 들어도 뻔했다. 미나를 감싸 주는 계수의 변명은 듣고 싶지 않았다. 이런 말을 듣자고 시험을 앞둔 주말을 빼앗기고 싶진 않았다. 사람이 많아서 그런지 버스 안이 갑자기 후끈해진 느낌이 들었다. 입술도 바짝 말랐다. 수빈은 당장이라도 이 자리에서 벗어나고 싶었다. 나 갈게. 계수의 대답 따위 듣지 않고 사람들을 뚫고 나와서 출입문 앞에 섰다. 수빈 말고도 많은 사람들이 같이 내렸다. 그리고 계수도 따라 내렸다.

"원래 내리려고 했던 곳이야."

진작 얘기해 줬으면 오버하면서 내리진 않았을걸……. 하여튼 사람 무안하게 만드는 데에 일가견이 있는 아이였다. 계수가 정류장 건너편으로 눈길을 돌렸다. 신도시의 대단지 아파트가 보였다. 순간, 미나가 사는 곳이구나 싶었다. 미나네 집은 중3 겨울 방학 때 신도시 아파트에 분양을 받아 이사를 갔다. 잔금 마련이 안 돼서 분양받은 새 아파트는 전세 주고 그냥 여기 산대, 하더니 어느 날 갑자기 한마디 말도 없이 이사를 가 버렸다. 수빈과 한창 날 선 신경전을 벌이다 스스로 퇴장해 버린 거였다. 비겁한 기집애. 수빈 이 내린 결론이었다.

이사 후 미나가 전화를 걸어왔을 때 수빈은 받지 않았다. 미나는 만나서 얘기로 풀자는 문자도 꽤 여러 번 보냈다. 결국 수빈이 '내 친구 리스트에 네 이름은 없어.'라는 차가운 답장을 보내고 나서 야 미나의 연락은 끊어졌다.

"미나 만나러 온 거니?"

계수가 아무 말 하지 않는 걸 보니 맞았다.

"이제 와서 미나랑 잘해 보고 싶은 생각 없어. 우린 이미 오래전 에 끝났어. 그리고 네 멋대로 이런 약속 정한 거 정말 기분 나빠."

길을 건너 집으로 돌아가는 버스를 타려는데 계수가 수빈의 팔 을 잡았다.

"안 만나도 좋은데 내 얘기 듣고 정해."

계수답지 않게 사정하는 말투였다. 이 기집애, 오늘 여러 번 돌 변하네. 계수 페이스에 말리면 안 돼.

수빈은 잠시 후 아파트 단지 입구에 있는 카페에 앉았다. 계수의 페이스에 말린 것도 억울한데 음료까지 돈 주고 사 먹긴 싫어서 맡겨 놓은 듯 당당하게 콜라를 주문했다. 계수는 고분고분 콜라를 사 와 수빈 앞에 놔 줬다. 갈증이 나던 차라 콜라를 빨대로 한 번에

쭉 빨아들였다. 그렇게 콜라를 마시고도 한동안 말이 없었다.

무슨 말을 하려고 이렇게 뜸을 들이지……. 수빈도 살짝 긴장됐다.

"미나는 나보다 너랑 더 잘 맞았나 봐. 나랑 있을 때보다 너랑 있을 때 얼굴이 더 밝았어."

그건 사실이었다. 계수는 그게 상처였구나 싶었지만 그래도 그건 수빈이 미안해할 일이 아니었다. 수빈은 표정 하나 변하지 않고 콜라를 쭉 빨았다. 얼마 남지 않은 콜라가 빨대를 따라 올라오며 요란한 소리를 냈다.

"아빠한테 가면서 너희 둘이 잘 안 되길 바랐어."

네 뜻대로 돼서 좋았겠구나. 하지만 잊지 마. 먼저 아웃된 건 너라는 걸. 여기서 발끈하면 계수의 계략에 말리는 것 같아 수빈은 아무렇지 않은 척하며 카운터에서 콜라를 리필해 왔다.

수빈의 담담한 반응을 예상하지 못한 탓인지 계수는 말을 잇지 않고 한참을 있었다. 몇 번인가 말을 하려는 듯 입술을 달싹였지만 끝내 아무 말이 없었다. 얼마나 시간이 흘렀을까 컵에서 흘러내린 물방울로 테이블이 흥건해졌다. 계수는 손가락으로 그 물을 찍어 테이블 위에 뭔가를 계속 그렸다. 무슨 말을 쓰는 것 같아 수빈도 그걸 내려다보는데 갑자기 계수가 서늘한 얼굴로 수빈을 바라봤다. 이런 얼굴 싫어. 수빈은 본능적으로 숨이 조였다. 아빠 재판만으로도 힘든데…….

계수가 아주 멀리 있는 사람을 부르듯 애틋하게 이름을 불렀다. 수빈아…….

"너는 어쩌면 미나가 너 모르게 조민혁을 만났던 이유를 알고 있을지도 몰라."

미나 얘기 더 이상 듣기 싫어. 어서 일어나. 머릿속으로 생각하는데도 발이 움직이질 않았다. 그게 무슨 소리냐며 화를 내야 하는데 입술이 달라붙은 것처럼 떨어지지 않았다. 계수는 이미 알고 있다는 얼굴이었다. 수빈이 아는 것과 똑같은 사실을…….

"오해하지 말고 들어 줘. 어쩌면 네가, 아니 너희 엄마가 모르는 사실이 있는 것 같아."

미나가 조심스럽게 얘기했지만 오해하지 말고 들으라는 말은 상대방이 오해할 말을 하겠다는 선전포고였다. 그런데 조민혁을 왜 만났냐는 말에 엄마까지 동원하는 건 무슨 의미일까?

미나는 수빈의 얼굴을 볼 자신이 없는지 땅만 내려다봤다.

"눈 영양제를 사 갔단 말을 들었대. 그것도 꽤 많이. 물론 그 사실만이면 나한테 얘기하지도 않았을 거래. 그런데 아무래도 마음에 걸리는 게 있다고. 사물이 두 개로 보이는 복시(複視) 증상에 대해 걱정했다고. 백내장, 각막 손상, 난시 등 복시의 원인은 여러 가지이지만 뇌신경 이상일 수도 있으니 꼭 병원을 찾아가 보라고 하셨대."

누가 그따위 말을 했어,라고 묻지 못했다. 조민혁의 아빠가 사거리에서 약국을 하는 건 수빈도 알고 있었으니까. 그러니까 미나 말 속의 숨은 주어는 바로 수빈의 아빠였다.

엄마의 일인 시위가 길어지면서 어느 방송국 다큐멘터리에 짧게 사연이 소개된 적이 있었다. 영상 속에서 엄마는 쉰 목소리로 억울함을 털어놓다가 아이처럼 엉엉 울어 버렸다. 클로즈업된 화면에서 엄마는 말라서 튀어나온 광대 위로 잔뜩 기미가 낀 모습이었다. 수빈은 그 모습이 그렇게 부끄러울 수가 없었다.

십 분 남짓한 그 영상을 수빈만 본 건 아니었다. 학교 아이들도 대다수 본 눈치였으니 조민혁도 알고 있었을지도 몰랐다. 5,000시간 무사고 조종사에게 비행 착각은 있을 수 없다는 엄마의 주장을.

아마도 미나라면, 아니, 확실히 미나라면 자신에게 고백한 조민혁을 거절했을 거다. 그걸 알면서도 수빈은 미나를 궁지로 몰아붙였다. 왜 그랬을까?

아이들 얘기로는 조민혁은 꽤 괜찮은 아이였다. 진지하고 정의로운 아이라 했다. 아마도 조민혁은 미나가 수빈과 친한 사이라는 걸 알고 있었기에 그 얘길 전했을 거다. 합리적 의심을 불러일으키는 그 사실이 사건의 진실을 알기 위해 거리에서 속절없이 우는 수빈 엄마에게 도움이 되지 않을까 하는 마음으로.

오해하지 말고 들어 줘? 싫어, 나는 오해할 거야. 우리 엄마를, 아니, 나를 못 믿는 거니? 아빠의 사고로 이렇게 힘들어하는 나에게 어떻게 그런 말을 할 수 있는 거니? 수빈은 반격해야 했다. 아빠의 명예를 위해서, 엄마의 명분을 위해서 꼭 해야 했다.

"어이없어. 몰래 조민혁 만난 핑계를 구질구질하게도 말한다. 그럴 것 없어. 지금부터는 조민혁이랑 그냥 잘 만나. 이제 우린 친구 아니니까."

그게 미나와의 마지막이었다. 자리를 박차고 나오면서 수빈은 울었다. 미나와 정말로 끝이라는 예감이 무서웠고 미나가 알고 있는 진실이 두려워서였다.

수빈은 알고 있었다. 부스럭거리는 소리에 잠이 깨서 안방으로 갔을 때 엄마는 장롱 서랍 앞에서 흠칫 놀란 눈치였다. 수빈이 묻지도 않았는데 엄마는 심란해서 옷 정리 하는 중이라고 말했다. 엄마 옆에 옷가지는 하나도 보이지 않고 시커멓고 불룩한 비닐봉지만 있었음에도 엄마는 그렇게 말했다.

아빠의 사고 후 정상적인 생활을 못 하던 엄마였기에 수빈은 대수롭지 않게 여기고 다시 잠이 들었고 아침에 일어났을 때는 여느 날과 다름없이 엄마가 없었다. 학교에 가려던 수빈은 혹시나 싶어 현관 입구에 있는 쓰레기통을 열었다. 밤에 봤던 까만 봉지가 들어 있었다. 엄마가 아침밥을 차려 놨더라면, 머리를 감고 드라이를 했더라면, 그래서 등교 시간이 촉박했더라면 그 봉지를 열어 보지 않았을까. 판도라의 상자를 열지 말라는 조언은 이미 열어 본 사람이 하는 말일 뿐이었다. 그때의 수빈처럼.

까만 봉지 안에는 온갖 종류의 약이 들어 있었다. 루테인, 아이튼튼, 눈건강 등등……. 이미 복용한 캡슐과 미개봉 캡슐이 뒤섞여 있었다. 그게 뭔지 생각하기도 전에 수빈은 쓰레기봉투를 묶어 집을 나섰고 집에서 멀리 떨어진 누군지도 모르는 집 앞에 버렸다.

"쓰레기봉투 네가 버렸니?"

"책상 서랍 정리했는데 버릴 게 많아서 봉투가 꽉 찼어. 그래서 버렸는데 왜?"

그날 밤 수빈과 엄마가 나눈 대화는 그게 전부였다. 쓰레기봉투를 왜 버렸는지 여느 때와 달리 친절하게 설명하는 수빈의 태도를 엄마는 눈치채지 못했다. 그게 수빈이 아는 진실이었다.

이렇게 추운 건 에어컨 바람이 센 탓이야. 수빈의 낯빛이 변해 가는 걸 알면서 잔인하게도 계수는 말을 이었다.

"미나가 이사를 결정한 건 너 때문이 아니야. 미나네 가게 주인이 갑자기 임대료를 올려 달라 그랬대. 그런 차에 마침 새 아파트 근처에 목 좋은 가게가 나와서 급하게 이사를 한 거래."

친절 배달, 백조세탁. 언젠가 등굣길에 수빈을 태워 준 미나 아빠 차에는 그런 문구가 새겨져 있었다. 미나는 그 문구가 쪽팔리다 했지만 수빈은 하얗게 다림질된 미나의 셔츠가 항상 부러웠다.

물 한 컵을 다 마신 계수가 다시 입을 열었다.

"삼십삼 년 경력의 베테랑 운전기사 김춘복 씨가 있었어. 설악, 동해 쪽을 사고 한 번 없이 왕복 운전한 전문 기사였지. 봄, 가을이면 꽃구경 단풍 구경 가는 단체 관광객들을 태워 나르는 관광버스 기사였어. 가끔은 수학여행 버스도 몰았지만 역시 트로트에 덩실덩실 어깨춤을 추는 흥 많은 어르신들을 상대하는 버스가 더 잘 맞는 사람이었대."

갑자기 김춘복이라는 사람 얘길 왜 하는 거니? 넌 아직도 제멋대로구나.

"사실 김춘복 씨는 이 년 전부터 자신의 눈이 예전만 못 하다는 걸 알고 있었어. 터널에 들어오면 한순간 눈이 안 보인다고 동료에게 걱정을 털어놓았다고 하니까. 알다시피 강원도 도로는 터널이 유난히 많잖아. 김춘복 씨는 이유는 말하지 않고 회사에 몇 번이나 다른 구간으로 교체를 해 달라 요청을 했었나 봐. 그런데 그게 쉽지 않았겠지. 강원도는 우리나라의 대표적 관광지라 관광버스 수요가 다른 곳보다 많을 테니까. 김춘복 씨는 막내딸이 대학을 졸업하는 해까지만 운전대를 잡겠다고 아내에게 말을 해 놨대. 마지막으로 운전대를 잡았던 작년 가을, 김춘복 씨는 휴게소에서 아내에게 문자를 보냈어. 더 이상은 무리라고."

김춘복 씨 얘길 하면서 목소리가 젖어 있던 계수는 어느 순간부터 울고 있었다. 그가 도대체 누구이기에 싶으면서도 수빈 역시 어떤 예감처럼 눈가가 시큰해졌다.

"마지막 터널 하나만 지나면 된다고 방심했을까? 아니, 어쩌면 아내에게 보낸 문자처럼 정말 무리였을까? 뭐가 진실인지는 아무도 알 수 없게 됐어. 그 마지막 터널에서 김춘복 씨는 결국 사고를 냈으니까. 터널 앞쪽에서 정체로 멈춰 있던 차량의 대열을 미처 보지 못했고 브레이크를 밟았을 때는 앞차의 후미를 심하게 들이받은 후였어. 그 사고로 앞차의 뒷좌석에 앉아 있던 여고 1학년 학생은 병원으로 옮겨져 뇌 수술을 받고 오 일간 사투를 벌이다 세상을 떠났어."

수빈은 손발이 사정없이 떨렸다. 아닐 거야. 계수야, 아니라고 말해 줘. 그런 수빈의 바람과 달리 계수는 울먹거리면서도 제 할 말을 다 했다.

"운전대를 잡았던 김춘복 씨도 사고 후 삼 일 만에 사망했어. 관광버스 앞차였던 스완크리닝 맏딸보다 이틀 먼저."

계수가 결국 테이블에 얼굴을 묻으며 흐느꼈다. 힘들었을 텐데 용케도 버텼구나. 수빈은 김춘복 씨의 시력 이상이 사고의 정확한 원인으로 밝혀졌냐고, 그 얘길 왜 나한테 하냐고 계수에게 따져 물어야 하는데 아무 말도 할 수 없었다.

아빠의 사고 후 삼 년이 지나면서 수빈이 원하는 건 하나였다. 진실을 알고 싶지 않다는 것. 대부분의 진실은 진실을 원한 사람들에게 상처와 불행만을 안겨 줄 뿐이었다. 수빈은 그 어떤 진실도 원하지 않았다.

계수야, 넌 뭘 원하는 거니? 내가 뭘 해야 하니? 평온하게 흘러가는 일요일 정오에 수빈이 할 수 있는 일은 그저 우는 계수를 지켜보는 것밖에 없었다. 카페 손님 몇이 흐느껴 우는 계수를 보며 쑥덕거렸지만 어떤 사정이건 그들에겐 남의 일이었다.

난 아무 잘못 없어. 가엾은 우리 엄마도, 불쌍한 우리 아빠도 아무 죄가 없어. 수빈은 눈가를 문질러 눈물을 닦아 냈다. 카페 창으로 건너편 거리가 보였다. 백조가 그려진 간판이 보이는 것도 같았지만 확신할 수 없었다. 수빈 눈가에 어느새 눈물이 차올라 또다시 흘러내렸다.

영재는 영재다

결국 평일 이사를 하게 됐다. 띠링 울리는 신호음으로 깨워도 미안하지 않을 시간인 오전 7시, 영재는 담임에게 문자를 보냈다. 이삿짐 트럭을 타기 직전이었다.

> 이사 때문에 하루 결석합니다. 쌤, 죄송해요.ㅠㅠ

답 문자는 바로 왔다. 역시 고2 담임답게 일찍 깨 있었다.

> 웬만하면 포장 이사 하지. 너 대학 갈 맘 없니? 무슨 고딩이 이삿짐까지, 에휴!!

얼굴 구기며 내뱉는 한숨 소리가 옆에서 들리는 듯했다. 하지만 담임은 단단히 오해를 하고 있었다.

오늘 아침 영재네 집은 조금의 동요도 없이 평온했다. 그런데 웬 이사? 놀라실 분을 위해 말씀드리자면, 영재는 지금 이삿짐을 싸러 고객의 집으로 가고 있었다. 즉 이삿짐센터 알바를 뛰고 있다는 뜻이다.

석 달 전, 영재의 아버지가 한 빌라에서 이삿짐을 나르던 중 계단에서 넘어지면서 허리를 심하게 다쳤다. 명색이 이삿짐센터 대표였지만 아버지도 직접 현장을 뛰는 처지였기에 급하게 대체 인력이 필요해졌다. 9회 말, 3 대 3 동점에 투 아웃 주자 만루의 긴박한 상황이긴 했지만 영재가 대타로 나서게 된 건 몇 가지 불운이 동시에 겹친 결과였다.

우선, 종종 이삿짐 알바를 하던 세 명의 삼촌들이 다른 업체 일을 뛰는 중이거나 핸드폰 전원이 꺼져 있거나 하는 이유로 연락이 닿질 않았다. 그것으로 끝이었으면 할 수 없이 남은 인력으로 이사를 마쳤을 텐데, 하필 영재가 방문을 어설프게 잠그면서 일은 엉뚱한 방향으로 흘러갔다.

아버지의 사고 연락을 받은 엄마가 그 소식을 전하려고 영재의 방에 뛰어 들어갔을 때, 영재는 때마침 컴퓨터 게임 삼매경이었다. 인터넷 강의를 들을 테니 방해하지 말라는 정당한 핑계를 대고 단단히 방어막을 구축했건만, 지은 지 이십 년 된 빌라의 운명처럼 방문은 아무런 예고 없이 허술하게 무장 해제됐다.

"이놈의 자식, 아버지는 가족들 먹여 살린다고 쎄빠지게 일하다 다쳤다는데, 하라는 공부는 안 하고 게임질이나 하고 있어?"

영재의 엄마는 가냘픈 손목과 얄팍한 손두께에 배신감을 느낄 만큼 손맛이 매웠다. 인터넷 강의를 다 듣고 잠깐 쉬는 중이었다는 핑계는 씨알도 안 먹혔고, 미처 게임을 종료하기도 전에 영재의 넓은 등짝에 엄마의 손바닥 도장이 사방으로 찍힌 것은 말할 필요도 없다.

아무튼 이런 이유로 미운털 제대로 박힌 영재가 그날 이후 아버지의 대타를 뛰게 되었다. 물론 집에서는 영재 말고 다른 인력을 구할까도 생각해 봤지만 보험 하나 들어 놓지 못한 처지에 병원비도 나가야 하는 상황에서 다른 사람에게 인건비까지 주려니 도저히 답이 안 나왔다.

"딱 한 달 동안만 부탁하마. 어차피 주말만 시간 빼면 돼. 다른 날은 똑같이 학원 다니고. 근데 너, 공부 안 해도 되니까 아주 신난 얼굴이다."

아버지는 미안함을 감추려 괜히 우스갯소리를 했는데 아주 틀린 말은 아니었다.

설마 무거운 이삿짐을 나르는 일이 공부보다 좋을까 싶겠지만 영재는 나쁘지 않았다. 오히려 사통팔달 이삿짐센터의 임시 대표직이라는 생각에 어깨가 으쓱 올라갔다. 물론 대표직 물려줄 생각 전혀 없다는 아버지와 넘버 투라 자임하는 김 부장 아저씨가 들으면 기가 찰 소리겠지만…….

> 영재야 이름값 좀 하고 살자, 응? 내일 지각하면 용서 안 한다.

애먼 이름을 들먹여서 기분이 상하긴 해도 어쨌든 결석 허락은 받은 셈이라 가벼운 마음으로 작업을 시작했다.

목요일의 이사라? 평일 이사는 영재도 이번이 처음이었다. 영재의 상식으로 모든 이사는 주말에 이뤄질 것 같았지만 막상 업계의 실상을 알고 보니 이상하게 이사가 몰리는 날이 따로 있었다. 바로 손 없는 날이었다. 이 '손'이란 손님을 뜻하는데 반가운 손님이 아니라 손해를 끼치는 악신을 지칭하는 거였다. 동서남북 방향마다 악신이 드는 날이 다른데 음력 9일과 10일은 사방에 악신이 없다 해서 대부분의 이사 주문이 집중되었다. 다른 날보다 비싼 요금을 받으니 이삿짐센터로서도 길일이었다.

휴먼아파트 103동 1307호에 들어서는데 베란다에 화분이 한가득 보였다. 헉! 소리가 나오려는데 김 부장 아저씨가 영재 귀에 조용히 말했다.

"견적 많이 뽑았으니까 불평하면 안 된다."

화분은 포장도 힘들고 트럭에 실을 때도 위로 포개지 못해 자리를 많이 차지했다. 32평 아파트치고 트럭이 크다 싶었더니 역시 변수가 있었다. 그래도 뭐 제대로 인건비를 받는다면야, 군소리할 필요 없었다. 영재도 김 부장 아저씨를 향해 눈을 찡긋했다.

사십 대 후반의 주인 부부는 잘 부탁한다는 말과 함께 영재 일행에게 홍삼 드링크를 내밀었다. 이런 센스 있는 고객이라면 하루가 편하다.

"잘 먹겠습니다. 그리고 조금 있다 사다리차 들어오니까 사장님은 나가서 103동 앞 차 좀 미리 빼놔 주세요."

김 부장 아저씨 말에 주인이 나간 뒤 모두 간단하게 목만 축이고 각자의 역할을 시작했다. 우선 거실에 부려 놓은 종이 박스와 플라스틱 바구니를 들고 평소처럼 척척 자리를 잡았다. 주방은 이모가 알아서 잘 해 줄 테고, 짐이 제일 많은 안방과 거실은 김 부장 아저씨와 권 대리가, 아이들 방과 베란다는 대학교 휴학생인 종민형과 영재 담당이었다.

"형은 과외처럼 편한 일 놔두고 뭐 하러 이런 일 해요?"

영재 말에 종민 형은 모르는 소리 말라며 손사래를 쳤다.

"과외는 좋은 대학 애들이 싹쓸이해서 나한테 떨어지는 게 없더라. 내년 학비 벌어 놓으려면 군말 말고 닥치는 대로 일해야 돼."

제발 아무 대학이나 들어가라고 아버지는 말했지만 종민 형 얘길 들으니 그렇지도 않은 모양이었다. 하긴, 영재와 여섯 살 터울의 미리 누나도 제법 알아주는 대학을 졸업했건만 취업이 안 돼 또 대학원까지 다녔다. 무슨 놈의 사회가 이렇게 끝없이 공부를 요구하는지 아무리 생각해도 이해할 수가 없었다. 그 생각을 하면 영재도 담임만큼이나 깊은 한숨이 절로 나왔다.

"다른 이삿짐에 치여 줄기라도 꺾이면 곤란하니까 화분부터 먼저 포장해."

김 부장 아저씨가 지시했다.

베란다로 가는데 거실 벽에 걸린 가족사진이 눈에 들어왔다. 고등학생, 중학생 정도로 보이는 형제가 있는 가정이었다. 지금쯤 저 애들은 학교에 있겠지? 시계를 보니 1교시 수업 시간이었다. 검은 뿔테 안경에 또랑또랑한 눈빛, 어쩐지 모범생 분위기가 풍겼다. 현관을 지나오면서 얼핏 들여다본 학생 방에는 문제집이 빼곡히 꽂혀 있었다. 틀림없이 공부를 잘하겠지? 아님 적어도 나처럼 바닥은 아니겠지……. 본 적도 없는 아이와의 비교라니? 그래도 이삿짐이나 나르는 자신이 갑작스레 초라하게 느껴지는 건 어쩔 수 없었다.

영재는 애써 사진을 외면하고 베란다로 나갔다. 커다란 나무며 꽃 화분들이 베란다 가득 있었다. 화분 포장은 큰 비닐봉지를 줄기 위로 뒤집어씌우는 방식이었다. 그래야 이동 중에 줄기나 잎이 상하지 않았다. 작은 꽃 화분은 그대로 비닐봉투 안에 넣었다. 포장을 하면서 보니 화분들마다 이름이 적힌 팻말도 꽂혀 있었다. 한련

화, 핑크제라늄, 마거리트, 라벤더, 르레브, 칼랑코에, 벤저민…….
장미 개나리 진달래밖에 모르던 영재로서는 처음 보는 꽃들이었
다. 화분도 먼지 하나 없이 깨끗이 닦여 있는 걸 보니 꽃과 나무를
정성스럽게 보듬어 온 주인의 노력이 짐작되고도 남았다.

"하여튼 난 뭔가 있는 척하는 집들이 제일 싫어. 꽃집도 아니면
서 뭔 화분이 이렇게 많대?"

고갤 돌려 주인이 있나 없나 확인한 종민 형이 작게 투덜거렸다.

솔직히 말하자면 이삿짐센터 사람들이 제일 싫어하는 집이 책
과 화분, 그릇이 많은 집이었다. 그리고 재수 없는 경우 가끔 그것
이 겹치기도 했다. 지난번처럼 책도 많고 그릇도 많은 집이면 권
대리와 이모 표정이 심각했다. 물론 두 사람 다 베테랑이기에 주인
앞에서 내색을 하진 않았다. 이삿짐센터도 입소문으로 소개가 들
어오는 절대적인 서비스업이기 때문이었다.

5월의 아침, 활짝 열린 베란다 창문으로 시원한 바람이 불어왔
다. 하지만 피 끓는 청춘을 식히기엔 역부족인지 벤저민 화분을 옮
기는 영재의 이마로 땀방울이 흘러내렸다.

103동 앞에 자리를 잡은 사다리차가 운반카를 올렸다. 창문을
떼어 낸 베란다에 운반카가 도착해 이미 포장을 끝낸 짐들을 날랐
다. 덩치가 있는 이삿짐은 2인 1조로 날랐다. 하나, 둘, 으쌰! 구호
에 따라 합을 맞춰 힘 좋은 사람의 등에다 짐을 실어 주면 그걸 운

반카까지 혼자서 나르는 방식이었다. 나이가 많지만 노련한 김 부장과 영재가 거의 등짐 지는 역할을 맡았다. 영 힘을 못 쓰는 종민 형과 이모는 끝까지 포장 전담만 했다. 장롱처럼 부피가 커다란 짐은 운반카의 측면 벽을 떼어 내고 내렸다. 하나, 둘, 으쌰! 구호가 쉬지 않고 이어졌고 에어컨 냉장고 장롱 등이 모두 나갔다.

"트럭에 짐 실을 테니까 빠진 거 없나 살피고 나와라."

권 대리가 먼저 내려가며 영재에게 마무리를 부탁했다. 영재는 짐이 나간 거실을 둘러봤다. 한 덩이로 뭉쳐 돌아다니는 먼지와 또르르 굴러가는 백 원짜리 동전만 남고 텅 비었다. 사람이 살던 흔적이 빠져서 그런지 쓸쓸해 보였다.

똑같은 평수에 똑같은 구조의 아파트라도 집마다 느낌이 다른 건 결국 공간을 채우는 짐 때문이었다. 책이 많은 집에서는 책 냄새가 났고, 사진이 많이 걸린 집에서는 추억을 읽을 수 있었다. 피아노와 바이올린이 있는 집에서는 어쩐지 사람도 우아해지는 기분이었다. 이 집은 꽃과 나무들 때문에 첫인상부터 파릇파릇했다. 아직 이사 일에 정나미가 덜 떨어져서 그런지 영재는 종민 형과 달리 이 집이 맘에 들었다. 자신이 살 것도 아니고, 머물 것도 아니면서 집에 좋고 싫음이 있을까 싶지만 영재는 이삿짐을 싸고 풀면서 제 나름으로 집에 대한 평가를 내렸다. 화목한 집, 허세 있는 집, 삭막한 집……

영재는 공간을 차지하는 짐들에 이야기가 있다 믿었다. 영재의 컴퓨터가 고난(인터넷 강의)과 환희(게임)의 속사정을 갖고 있듯이 말이다. 영재가 그 느낌을 말했을 때 종민 형은 대뜸 콧방귀부터 뀌었다.

"헛소릴 하는 거 보니 네가 아직 덜 힘들구나. 이삿짐에는 이야기가 아니라 무게만 있을 뿐이야."

종민 형이 어이없어하며 말을 뚝 잘라 버렸지만, 어느 집에서인가 영재는 먼지 쌓인 거실의 러닝 머신에서 소리를 들었다. 며칠하지도 않을 걸, 자리만 차지하게 왜 샀는지 몰라? 앵앵거리는 소리였는데, 역시 그 집 주인은 배가 불룩 나와 있었다. 그날 영재는 종민 형 모르게 터져 나오는 웃음을 참느라 애를 먹었다.

로봇 청소기, 무선 스팀다리미, 홍삼 제조기 등이 있던 집에서는 주방 일을 하던 이모가 영재 귀에다 속삭였다.

"이 집 주인 홈 쇼핑 엄청 보는 눈치다. 음식물 처리기는 나도 사려고 했던 건데……."

베란다 창고에 처박혀 있는, 풀지도 않은 홈 쇼핑 박스를 보며 영재도 고개를 끄덕였다. 볼링공 세트, 골프채, 자전거, 피크닉 테이블, 텐트를 포장하면서는 주말마다 활동적으로 즐기는 가족의 모습이 떠올랐다.

그뿐이 아니었다. 공간 배치를 잘 살피면 집안의 권력 구조도 알수 있었다. 안방을 고3 학생의 공부방으로 내준 경우는 아들이 집안의 실세일 확률이 컸다. 아들에게 바라는 부모의 과도한 기대와 희망이 엿보여 영재는 자기 일도 아닌데 괜히 숨이 막혔다.

"우리 애 책이 좀 많죠? 무슨 애가 공부만 해. 지난번 모의고사는 전국 상위 3퍼센트였던가? 그치, 여보?"

남편까지 동원해 증명하는 주인의 말을 듣고 보니 안방을 써도 미안하지 않을 성적이긴 했다.

지중해풍의 파란 커튼과 하얀 식탁, 등나무 소파는 아내 쪽의 입김이 세다는 증거였다.

"엉덩이 배기게 웬 등나무야. 요새 가죽 소파 얼마나 잘 나오는데. 조잡해, 조잡해!"

고개를 젓는 김 부장 아저씨처럼 남자들은 대부분 그런 인테리어를 좋아하지 않았다. 간혹 노부모에게 아이들보다 작은 방을 배정한 집도 있었는데, 나이 들고 경제력을 잃은 대한민국 노인의 위상을 선명하게 확인할 수 있었다. 따져 보니 영재 방도 주방 옆 제일 작은 방이었다. 공부 잘하는 누나에게 떠밀린 결과라 생각하면 너무 비참하기에 자신이 막내라서 그런 거라고 믿었다. 게다가 누나가 결혼하면 창문이 커서 시원한 그 방이 자기에게 돌아올 테니 그리 실망스럽지 않다고 생각했다. 영재는 낙천적이었다.

영재는 경력이 겨우 석 달, 종민 형은 아홉 달이었지만 나머지 사람들은 전부 노련했고 휴먼아파트 103동 1307호의 모든 짐은 세 시간 삼십 분 만에 트럭 안에 실렸다. 반드시 네 시간 안에는 짐을 싸고, 되도록 여덟 시간 안에 이사를 끝낸다는 뜻으로—숫자 말고는 아무 관련이 없건만—아버지가 지은 '사통팔달' 이삿짐센터 직원들은 없어 보이는 이름과 달리 베테랑들이었다. 텅 빈 집으로 들어온 주인이 손목시계를 보며 만족스럽다는 듯 고개를 끄덕였다. 이 정도로 뭘! 보기와는 다르게 달인이랍니다. 영재는 우쭐한 얼굴을 감추며 굴러다니는 쓰레기를 봉투에 넣었다. 그리고 이사 들어올 사람을 위해 청소까지 마치고 새집을 향해 출발했다.

새로 들어갈 집은 45평이었다. 넓은 집으로 이사하면 짐 정리가 수월했다. 무엇보다 주인의 표정이 밝아 일하는 입장에서도 맘이 편했다. 새집에다 짐을 부려 놓고 인근 식당에서 늦은 점심을 먹는데 김 부장 아저씨가 입가심으로 좋다며 막걸리 한 통을 주문했다. 그러더니 영재에게도 권했다.

"아버지 빈자리 채우느라 힘들 텐데 한잔하지?"

막걸리를 우유보다 달게 마시는 종민 형을 보며 한잔 꿀꺽 먹고 싶었지만 영재는 이상하게 술만 들어가면 얼굴이 붉어졌다. 할 수 없이 입을 쩝쩝 다시며 사양했다.

"인마, 딴 데 가서 퍼마시지 말고 아저씨가 줄 때 받아. 그래도 싫어? 얼굴은 소도둑처럼 생겨서 하는 짓은 영 샌님이라니까. 하여간 별종이야, 별종! 천수 형님은 공부 안 한다 걱정하지만 네 녀석 일하는 거 보면 난 믿음이 간다, 영재야!"

아버지의 고향 후배 김 부장 아저씨가 영재 머리를 북북 문질렀다. 주방 담당 이모도 막걸리를 들이켜더니 영재 칭찬에 한마디 보탰다.

"지난번에 에어컨 나르다 허리 삐끗했을 때, 난 다음 날 안 나올 줄 알았어. 그랬는데 일요일에 제일 먼저 나와 있어서 얼마나 놀랐다고."

이모가 기특해 죽겠다며 영재 볼을 잡아 흔들었다. 험한 일을 하는 사람답게 악력이 있어 볼따구니가 아팠지만 기분이 나쁘진 않았다. 사실 영재는 180센티미터가 넘는 키에 90킬로그램, 볼에 포인트로 있는 여드름만 아니면 누가 봐도 청소년으로 보이지 않는 노안이었다. 누구라도 위협적으로 느끼는 체구의 영재였지만 사통팔달 이삿짐센터에서는 그냥 귀염둥이였다.

"아까 실외기 짊어질 때 보니까 가랑잎 매단 것처럼 잽싸게 나르던걸! 종민이 저 자식은 에어컨 하나로도 혀를 쭉 빼더만."

괜한 비교에 종민 형이 입을 비죽 내밀며 투덜거렸다.

"영재랑은 체급이 다르잖아요."

체급의 문제도 없진 않겠지만 영재는 힘쓰는 요령을 빨리 익혔다. 힘이 세다고 무거운 걸 번쩍 드는 건 아니었다. 역도 선수보다 덩치가 좋다고 해서 역기를 들어 올릴 수 있는 것은 아닌 것처럼, 이삿짐도 무턱대고 힘을 쓰면 안 되는 일이었다. 짐을 나르기 전 제일 먼저 듣는 말도 의욕이 넘치면 큰일 난다는 거였다. 장롱, 냉장고처럼 무겁고 덩치 큰 물건은 특히나 힘과 요령이 둘 다 있어야 했다.

"요령이 칠십, 힘이 삼십이야. 네가 아무리 덩치가 커도 요령이 없으면 몸만 힘들어. 어디다 힘을 줘야 하는지 일하면서 찬찬히 깨달아야 돼."

김 부장 아저씨 말이 맞았다. 아버지 대신 급하게 투입된 첫날 영재는 일이 끝난 후 된통 앓았다. 짐 나르다 생긴 멍에 근육통까지 겹쳐 밤새 잠도 못 잘 정도로 끙끙거렸다. 두 번째, 세 번째 이삿짐을 나를 때는 처음보다 덜 끙끙거렸고, 이제야 조금씩 요령이 붙었다.

이모가 말한 그날은 에어컨을 나르다 허리에 무리가 갔고 영재도 일하기 싫어 꾀병을 부릴까 생각했다. 그런데 엄마가 뜨거운 수건으로 마사지를 해 주고 누나가 파스를 붙여 주니 다음 날 아침 컨디션이 괜찮았다.

"사람 구했다니까 아프면 나가지 마. 하루 벌어 사는 인생은 몸이 제일 중요한 법이야."

게임 한다고 등짝을 두들기던 엄마의 다정한 말에 영재는 마음이 흔들렸다. 나가지 말고 하루 제쳐? 하루 쉬는 걸로 마음을 굳힌 순간 자신을 다정히 바라보는 엄마의 눈빛과 마주쳤다. 놀면 뭐 하나, 그냥 가자!

아버지의 입원이 길어지면서 영재는 자신이 가정의 생계를 담당하고 있다는 의무감이 자연스럽게 생겼다. 영재는 그것이 부담스럽기보다 자랑스러웠다. 엄마의 만류에도 굳이 일을 나간 건 어쩐지 가장의 역할을 충실히 해야겠다는 책임감이었다.

"영재야말로 누구든 탐낼 만하죠. 덩치 크지, 힘 좋지, 성실하지."

평소 말수 없는 권 대리까지 거드니 얼굴이 홧홧했다. 영재가 부끄러워 살짝 고개를 돌리는데 사통팔달 이삿짐센터의 영원한 맞수 종민 형이 분위기를 반전시켰다.

"그러게요. 아무튼 공부만 잘하면 나무랄 데가 없는 아이라니까요."

훈훈한 분위기에 찬물을 끼얹은 종민 형을 향해 눈을 흘기는데, 김 부장 아저씨가 깊이 이해한다는 듯 고개를 끄덕였다. 그러자 권 대리와 이모도 종민 형 말에 긍정하는 얼굴이었다.

아, 나, 이 분위기는 뭐지? 역시 대한민국에서 공부 못하는 학생은 영원한 루저임이 확실했다. 성적과 하등 관계 없는 이삿짐 업계에서도 이런 대우를 받으니 말이다.

든든히 먹고 난 후 마지막 힘을 써 가며 이삿짐을 정리했다. 화분의 위치 말고는 까다롭게 굴지 않은 주인 부부 덕분에 오후 일은 수월하게 끝났다. 그리고 받은 하루의 일당. 영재는 돈 봉투에 입을 맞췄다. 캬, 이 맛에 일하는구나!

중간고사 결과로 담임과의 면담이 있었다. 성적이 많이 떨어진 순서대로 면담이 시작됐고 영재는 1순위였다.

"아휴, 여기 등수 봐라. 네가 봐도 심하지? 먼저 핑계를 댈 기회를 줄게. 뭐든 내가 납득할 만한 스토리를 대 봐."

같은 학교 육 년 선배인 누나 말에 따르면 영재의 담임은 꽤나 꼼꼼한 성격의 남자라 했다. 영재 생각에도 거짓말 따위로는 쉽게 넘어가지 않을 성싶었다.

영재가 어쩔까 머리를 굴리는 사이 담임이 먼저 선수를 쳤다.

"한미리가 누나지? 내가 가르쳤던 앤데 똑 부러지고 공부도 꽤 잘 했어. 네가 동생이라 해서 깜짝 놀랐다. 근데 누나가 너 성적보고 뭐라 안 해?"

남매라고 같이 공부 잘하란 법이 어디 있는가? 그리고 그 잘난 누나도 지금 취업이 안 돼 온갖 스트레스를 다 받고 있었다. 거기에 비하면 영재는 주말마다 일해서 차곡차곡 돈을 벌었다. 아무것도 모르면서 누나와 비교를 하는 담임 말에 영재는 발끈했다.

"사실 요즘 이삿짐센터 일 하고 있어요."

영재는 누나가 번번이 취업에 실패하고 엄마는 다니던 마트에서 해고됐으며 석 달 전 아버지가 다친 것까지 자세한 집안 사정을 털어놓았다. 졸지에 가장의 역할을 떠맡게 되었다고, 담임이 생각하는 것처럼 아무 생각 없이 빈둥대는 건 아니라는 걸 알리고 싶었다.

담임은 턱을 괴고 진지하게 이야기를 들었다. 왜 성적이 떨어졌

는지 이제 충분히 아셨죠? 말을 끝낸 영재가 담임 얼굴을 쳐다봤
다. 그런 사정이 있었구나, 내가 미처 챙기지 못해 미안하구나, 담
임이 손을 잡아 주면 영재는 쿨하게 괜찮다며 동정 따위 사양할
생각이었다.

"사정이 딱하게 되었네. 그런데 말이야, 아버지가 아무리 병상
에 누워 있어도 너한테 바라는 마음이 바뀌진 않으셨을 거라 생각
해. 네가 공부 열심히 하기를 기대할 거라는 말이지. 어쩌면 누나
때문에 대학 졸업이 우습게 보일 수도 있을 거야. 하지만 여전히
대학은 우리 사회에서 가장 많은 기회를 얻을 수 있는 곳이야. 아
버지 대신 일하느라 힘든 건 알겠지만 그럴수록 더 노력해야지."

다른 애들은 어떤지 몰라도 생각해 보면 영재는 어릴 때부터 공
부를 못했다. 받아쓰기도 어려워했고, 구구단을 외울 때는 하늘이
노래졌다. 영어를 쏼라쏼라 말하는 건 불가능이었고 수학은 당연
한 절차로 포기했다.

노력하라고? 그걸 누가 모르냐고요? 하지만 안 되는 걸 어떡하
냐고요? 영재는 그 '노력'이 안 됐다. 의자에 긴 시간 앉아서 영어
단어를 외우고, 공책 한 장 가득 풀이식을 적어 가며 문제를 푸는
게, 정말로 힘들었다. 물론 그런 노력을 안 해 본 것도 아니었다.
남들이 들인 시간보다 적었을지는 몰라도 영재도 그 노력이란 걸
해 봤다. 하지만 결과는 참혹했다. 공부를 하건 안 하건 성적의
차이가 거의 없었다. 그럼 아버지가 말했다. 더 노력하라고, 노력

해서 안 될 건 없다고. 그 '노력'조차 힘들다는 걸 아버지도 담임도 이해하지 못했다.

결론은 또 '노력'이었다. 면담이 끝나고 나오는데 영재 뒤통수에 대고 담임이 말했다.

"영재야, 이름값 좀 하고 살자."

아, 이름이 또 태클을 거는구나. 교무실 옆 중앙 현관에서 거북스러운 이름에 대해 한탄하고 있을 때, 문득 옆쪽 벽면에 삐뚤게 걸린 액자 하나가 눈에 들어왔다. 칼같이 짐을 정리하는 직업병 탓인지 영재는 눈에 거슬리는 액자의 위치를 바로잡아 주었다. 깨알같이 작은 글씨가 적혀 있는 액자였다. 육십 년 전 허허벌판 학교 부지에 첫 삽을 뜨는 설립자의 사진 옆에 걸려 있다면 이것도 상당히 중요한 역사적 자료일 텐데 도대체 뭘까……

액자 유리에 바싹 얼굴을 들이대고 읽어 보니 '국민 교육 헌장'이었다. 언제 걸었는지 안에 적힌 글자가 모두 바랜 상태였지만 유독 영재 눈에 쏙 들어오는 글귀가 보였다.

성실한 마음과 튼튼한 몸으로, 학문과 기술을 배우고 익히며, 타고난 저마다의 소질을 개발하고, 우리의 처지를 약진의 발판으로 삼아, 창조의 힘과 개척의 정신을 기른다.

오호라! 요것이 내 얘기구나 싶었다. 우선 성실한 마음과 튼튼

한 몸은 기본으로 지니고 있었고, 기술은 돈까지 벌면서 착실히 익히고 있었다. '학문'에서 살짝 찔리긴 했지만 배워도 안 되니 어쩔 수 없는 노릇이고, 무엇보다 중요한 문구는 '타고난 저마다의 소질을 개발'하는 거였다. 김 부장 아저씨도 그러지 않았던가. 힘쓰는 데는 타고났다고. 그렇다면 남들보다 크고 좋은 몸을 가지고 '창조의 힘과 개척의 정신'을 길러야 한다는 말씀! 이렇게 훌륭한 말씀이 교무실 바로 옆에 적혀 있는데 담임은 어째 저리 갑갑할 수 있을까. 덩그러니 놓인 이삿짐에서조차 이야기가 있다고 믿는 영재였지만 담임과는 몇백 광년의 거리감이 느껴질 만큼 말이 통하지 않았다.

야유회를 잡았는데 비가 와서 어떡할 거냐, 항의 전화도 많이 받는다지만, 여느 해보다 이르게 찾아올 거라는 이번 장마는 기상청이 제대로 맞혔다. 6월 초부터 비오는 날이 계속 이어졌다. 이삿짐 업체는 날씨 영향을 많이 받았다. 비와 눈은 물론이고 사다리차를 올려야 하기에 바람도 중요한 변수였다. 장마라고 이사가 아예 없는 건 아니었지만 그래도 예약 건수가 상당히 줄었다.

책상에 영어 문제집을 펴 놓았지만 영재의 눈은 사통팔달 이사 일정표에 가 있었다.

"이달은 애기 분유값도 안 나오겠는걸……."

권 대리의 푸념을 엄살로 넘길 수 없을 만큼 6월 일정이 텅 비었다. 동명사 용법을 보면서도 영재의 머릿속은 온통 그 걱정뿐이었다. 무슨 좋은 방법이 없나 궁리를 해 봐도 뾰족한 수가 없었다. 그때였다. 뒤통수에서 딱, 소리가 나더니 영재 눈앞으로 별이 보였다. 이 무슨 황당한 상황인가 싶어 고갤 돌리는 순간 아버지와 눈이 마주쳤다.

"책 펴 놓고 잘하는 짓이다. 사람이 들어와도 모를 정도로 뭘 생각 중이야?"

중요한 사업 구상을 하는 영재의 마음을 몰라줘도 유분수지, 아버지는 학원비가 아깝다는 둥 학생 본분이 안 됐다는 둥 영재의 태도에 대해 한참을 혼냈다.

"이달에 통 일이 없어서 그 걱정하고 있었다고요!"

회사를 제 몸처럼 사랑하고 걱정하는 사원이라면 당연히 보너스까지 주면서 치하해야 하건만 아버지는 한심하다는 듯 영재를 바라봤다.

"그건 내가 알아서 할 테니까 당장 이삿짐 일에서 손 떼! 좀 전에 담임 선생님이 전화하셨더라. 너 지금이라도 마음 다잡지 않으면 대학은 물 건너간다고."

한 마리의 양도 놓치지 않고 반을 이끌겠다는 담임의 열정이 결국 아버지와의 통화로 이뤄졌구나. 영재는 이미 대학에 간다는 희망 따위 사뿐히 지르밟고 있었지만, 그걸 차마 입으로 내뱉을 수는 없었다. 그건 그동안 따박따박 학원비를 내주신 아버지에 대한 예의이며, 강의 시간마다 꾸벅꾸벅 졸았던 스스로를 반성하는 양심 때문이었다.

"알았어요. 열심히 공부하면 되잖아요. 그래도 주말에는 계속 제가 일할게요."

아버지는 퇴원했지만 직접 현장을 뛸 만큼 몸이 회복되지 않았다. 영재 말에 잠시 주춤한 아버지는 고갤 젓더니 신경 끄라며, 학생의 본분은 공부다, 학생이 공부를 안 하면 나중에 취직도 못 하고, 장가도 못 가고 결국 패가망신하게 된다고 큰 소리로 말했다.

무슨 말도 안 되는 소리람! 영재가 듣기론 아버지도 공부를 못 했다지만 결혼도 했고, 자식도 낳았고, 게다가 사통팔달 이삿짐센터도 있지 않은가? 그래도 말대답을 하진 않았다. 술 한잔 들이켠 아버지의 잔소리는 아무리 길어도 삼십 분을 넘기지 않았다. 까짓것 삼십 분 못 들으랴 하는 호기로 버티기에 들어갔는데 아니나 다를까 아버지의 잔소리는 오래가지 않았다.

억장으로 취한 누나가 집에 오더니 거실에서 대성통곡을 시작했기 때문이다. 언제나 똑 부러지게 행동하는 누나답지 않았다.

"미리야, 무슨 일이야? 도대체 왜 그래?"

아버지가 고개 숙인 누나의 얼굴을 감싸 안았다.

"못난 모습 보여드려서 죄송해요. 근데 저도 할 만큼 했어요. 아시잖아요? 저, 어렸을 때부터 공부만 했어요. 열심히 노력하면 다 된다고 해서, 그 말만 믿고 책만 팠잖아요. 근데 저를 필요로 하는

데가 어떻게 한 군데도 없어요? 제가 그렇게 쓸모없는 사람이에요?"

학점도 좋고 토익 점수도 괜찮은데 누나는 또 취업에 실패했다.

"인연이 아닌 거지. 실망 말고 다른 데 이력서 넣어 봐."

망연자실한 엄마 대신에 아버지가 누나 어깨를 두드렸다.

"다른 데 어디요? 작년부터 이력서 넣은 데가 몇 군데인지 아세요?"

누나 눈에서 뚝뚝 눈물이 떨어지는 걸 보니 영재도 마음이 좋지 않았다.

"누나처럼 실력 좋은 사람이 갈 데 없을까 봐? 어디건 가겠지."

영재로서는 짐짓 위로하려고 한 말이었건만 그게 누나의 설움을 더 폭발시켰다.

"아무 데나 갈 생각 따위 없어. 그럴 거였으면 이렇게 억울하진 않을 거야. 사람들한테 인정받고 월급도 많이 받고 싶어서 기를 쓰고 공부한 거란 말이야. 근데 나보다 잘난 것들이 왜 이리 많다니? 우리 사회는 학력도 인플레야. 영재야, 너도 공부만 할 게 아니라 딴 길 찾는 것도 괜찮아. 나처럼 멍청하게 살지 말라고."

인플레? 사회 시간에 배웠던 거 같은데…… 맞아. 떠도는 돈이 넘치는 걸 인플레이션이라고 했지. 근데 학력도 인플레라고? 하긴 대학에 안 간 사람 찾기가 이렇게 힘드니……

한바탕 눈물을 쏟아 낸 누나는 판다처럼 번진 눈 화장을 지우지도 못한 채 거실 바닥에 쓰러져 잠이 들었다. 영재는 베개를 가져와 누나의 머리에 괴어 주었다. 공부 좀 한다고 영재의 성적을 놀릴 때마다 꼴 보기 싫었는데, 입까지 벌리며 무방비하게 잠든 누나의 모습은 초라하고 짠했다. 그리고 집안의 자랑이던 누나의 모습을 바라보는 아버지 얼굴도 착잡해 보였다.

공부만 할 게 아니라 딴 길을 찾으라는 누나의 말 덕분인지, 아니면 인건비를 절약하기 위한 전략인지 아버지는 영재가 주말 이사에 나가는 걸 보면서도 짐짓 모른 척했다. 그리고 영재가 사통팔달 이름에 걸맞게 여덟 시간 이사 일을 끝내고 집으로 돌아온 뒤에도 별말이 없었다.

"다음 주부터 기말고사라며? 소고기 푹 삶아서 곰탕 끓여 놨으니까 먹고 공부해."

대단한 술주정 퍼포먼스를 뽐낸 누나도 영재 얼굴 보기가 겸연쩍은지 방으로 피했고 오로지 엄마만이 힘쓰고 온 영재를 챙겨 주었다.

고기 반, 국물 반의 진한 곰탕을 먹은 뒤 기말고사 공부를 하려고 책상에 앉은 영재는 열심히 노력해서 일도 성적도 모두 쟁취하리라 굳게 마음먹었다. 하지만 세상일이 마음먹은 대로만 되지는 않는 법, 당연히 십 분이 지날 즈음부터 영재의 눈꺼풀은 서서히 내려갔다.

툭툭 어깨를 치는 손길에 영재는 화들짝 놀라 깼다. 잠깐 잠이 들었나 싶었는데 그사이 시계는 두 시간이나 훌쩍 뛰어 자정 무렵이었다.

"그럼 그렇지. 네가 무슨 공부를 한다고? 침대로 가서 자."

아버지 목소리가 퉁명스러웠다. 하루 종일 일하다 왔으니 졸린 건 당연한 일이건만 그런 것도 이해 못 해 주나 싶어 서운했다. 영재는 아버지 얼굴과 마주치기 싫어 잠기운에 눈을 채 못 뜨는 척하며 침대에 벌렁 드러누웠다. 전기세에 벌벌 떠는 아버지이기에 불을 끄고 금방 나가리라 생각했는데 어쩐지 옆에서 기척이 느껴졌다.

뭐지? 아직 할 말이 남은 건가? 또 어떤 잔소리를 쏟아 내려고? 끝까지 자는 척을 하기가 멋쩍어 영재가 살짝 눈을 떴을 때였다.

"잠 깼으면 파스 붙이고 자. 안 붙인 것보단 훨씬 낫다."

아버지가 순식간에 영재 몸을 돌리더니 허리에 파스를 붙였다. 그러더니 또 순식간에 불을 끄고 방을 나가 버렸다. 홧홧한 파스 기운이 나쁘지 않아서, 영재는 어둠 속에서 씨익 웃었다.

"야, 심하다. 그치?"

기말고사 결과를 들여다보는 담임 얼굴이 일그러졌다. 심한 성적이 어딘 한두 번이던가? 영재는 담담하게 고개를 끄덕였다.

"어떡할래?"

"노력할게요."

영재의 대답에 담임이 피식 웃었다. 담임이 좋아하는 '노력'을 하겠다는데 왜 어이없다는 표정을 짓는가 싶어 영재도 피식 웃었다.

"노력한다 했으니 믿는다, 알았지? 가 봐."

여름 더위에 지쳤는지 면담은 금세 끝났다. 하지만 영재의 말은 아직 끝나지 않았다.

"저, 모레 학교 빠져야 해요. 손 없는 날이라서요."

담임이 영재의 기습 공격에 입을 쩍 벌렸다. 그러는 와중에 얼굴에 망설임이 잠깐 스치는 걸 영재는 놓치지 않았다. 그렇다면 필살 애교다.

"사람을 못 구해서 그래요, 쌤."

거구의 애교에 넘어가서가 아니라, 지난번 입시 설명회에 직접 참석한 아버지 덕분에 담임은 마지못해 허락했다.

"영재 저 녀석, 보기와 다르게 머리 쓰고 몸 쓰면서 열심히 살고 있습니다. 혹여 학교에서 졸더라도 너그럽게 좀 봐주세요."

아버지는 머리가 바닥에 닿을 듯이 담임에게 인사를 남겼다고 했다. 지난번에 아버지 허리 다치셨다 들었는데 인사하다 또 무리가 온 건 아닌지 걱정이 되었다면서 담임이 말해 주었다.

교무실을 나오는 영재의 뒤통수로 담임의 목소리가 꽂혔다.

"진짜 너 보면 답이 안 나온다. 근데 영재야, 이젠 정말 이름값 좀 하고 살아야 한다."

영재는 교무실을 나와 다시 '국민 교육 헌장' 액자 앞에 섰다. 그리고 '타고난 저마다의 소질'이 모두 다를 텐데 왜 공부만 하라고 할까, 하는 심오한 질문을 스스로에게 던졌다. 담임은 영재에게 '답이 없다'라고 했지만 어차피 인생은 주관식이었다. 답이 정해져 있을 리 만무했다.

덩치 크고 힘 좋은 영재에게는 이삿짐 일이 제격일 수도 있을 터였다. 물론 아닐 수도 있을 테다. 그렇지만 무슨 일이라도 해 보지 않으면 '타고난 저마다의 소질'이 있는지 없는지 어떻게 알겠는가? 공부가 영재 적성에 도무지 안 맞는 것처럼 말이다.

냉장고, 세탁기, 에어컨, 텔레비전, 장롱, 피아노를 체크해 가며 견적을 뽑는 것처럼 영재도 무엇이 적성이고 소질인지 이제 알아 가는 중이었다. 어떻게 해야 이름값을 하는지 모르겠지만 아직까지 영재는 이삿짐센터 일이 좋았다. 그래서 번쩍 에어컨을 들 수 있는 지금의 모습이 충분히 맘에 들었다.

경우의 사랑

철커덩, 쿵. 5층에서 내려가던 엘리베이터가 갑자기 멈췄다. 뭐, 뭐야? 경우가 채 말하기도 전에 깜빡거리던 불마저 꺼졌다. 희미한 비상등 불빛 속에 꼼짝없이 갇혀 버렸다.

"누구 없어요? 여기 사람 있어요."

경우가 엘리베이터 문을 탕탕 두드렸다.

"그만해. 이 건물에 사람 없어."

누나가 기운 없이 바닥에 주저앉았다. 경우가 핸드폰을 꺼내 구조를 요청하려 했지만 신호가 잡히지 않았다. 이거 왜 이러지? 다급하게 키패드를 누르려는데 이번에도 누나가 말렸다. 여기선 신호 안 터져. 체념한 건지 태평한 건지 알 수 없는 누나가 경우는 어이없었다.

"그럼 이대로 죽는 거야?"

농담처럼 물으려 했는데 어쩔 수 없이 목소리가 떨렸다.

"죽긴 왜 죽어. 내 돈 찾기 전까진 절대로 안 죽어. 아니, 못 죽어!"

누나가 발악하듯 외쳤다.

지문 속에 답이 있고 문제 속에 힌트가 있는 있다는 국어 선생님 말처럼 세상 모든 일에는 징후가 있다. 2004년 순식간에 해변 도시를 쑥대밭으로 만들고 수십만 명의 목숨을 앗아 갔던 인도네시아 쓰나미 사건 때도 징후가 있었다. 해변에서 찰랑대던 파도가 먼 바다로 쓱 빠지는 순간, 바닷가를 산책하던 한 소녀는 학교에서 배운 과학 지식이 떠올랐고 부리나케 높은 산으로 도망갔다고 한다. 만약 그 순간 그 자리에 경우가 있었다면 달아나던 소녀를 보면서도 그저 해맑게 조개를 줍고 있었을 거다. 한 치의 의심도 없이, 잘 놀다 왜 저런대, 얼빠진 소리나 하면서…… 믿기지 않았지만 어쩌면 윤겸 형은 징후를 읽었던 건지도 모르겠다.

경우가 윤겸 형을 만난 건 보름 전이었다. 다짜고짜 파스타 가게로 나오라 하더니 뜻밖의 소식을 전했다.

"연재랑 헤어졌어. 그동안 만난 시간이 얼만데 어쩜 그렇게 냉정할 수 있다니."

짧은 문장 속에서 경우는 꽤 많은 정보를 건져 냈다. 윤겸 형이 누나에게 차였고 그건 본인의 의지와 상관없이 이뤄진 일이며, 그래서 아직 이별을 받아들이지 못하고 있다는 걸. 이제 막 나온 크림파스타를 앞에 두고서 들을 말은 아니었다. 못 들은 척 먹을 수도, 그렇다고 면이 붇는 걸 두고 볼 수도 없어서 난감해할 때 윤겸 형이 봉골레파스타를 포크로 돌돌 말았다. 실연과 식욕은 별개의 문제라는 뜻? 경우의 시선이 신경 쓰였는지 면발을 호로록 삼킨 윤겸 형이 말했다.

"오늘까지 블로그에 리뷰 올려야 하는데 안 해 놨더라고. 아 참, 사진 찍는 걸 깜빡했다."

돈 안 쓰고 데이트할 수 있다며 누나가 종종 하던 맛집 리뷰 알바를 윤겸 형이 대신 해 주러 온 거였다. 형은 민망해하면서도 헤집어 놓은 파스타를 정리하고 사진을 찍었다. 경우야, 포크에다 면 감아 봐. 크림 잔뜩 묻혀서 다시. 피클도 집어 봐. 시키니까 한다지만 이게 무슨 황당한 짓인가 싶었다.

"헤어졌다며!"

오지랖도 정도가 있는 거다. 경우가 버럭 했더니 윤겸 형이 멋쩍은 얼굴로 콜라를 들이켰다. 그래도 약속인데 지켜야지. 겨우 꺼낸 변명이 소박하다 못해 구질구질했다. 어이없어하는 경우를 보면서도 팔을 쭉 뻗어 크림파스타까지 찍는 걸 보니 기어이 블로그에 글을 올리려는 모양이었다. 누나의 아이디와 비밀번호까지 안다

하니 못 할 것도 없었다.

"아, 뭐냐고? 진짜 헤어진 거 맞아?"

풀 죽은 표정을 보니 거짓말은 아닌 모양이었다. 둘이 영 다른데도 잘 만나는 걸 보면 신기하단 말이야. 엄마의 말처럼 누나와 윤겸 형은 잘 어울렸다.

"뭐가 잘 어울려? 키, 얼굴, 성격, 뭐로 봐도 내가 훨씬 낫거든."

키나 얼굴은 두 사람 모두 평균치 수준이라면 성격에서는 단연 윤겸 형에게 가산점을 줄 만했다. 툭하면 신경질에 잔소리는 따발총 수준, 거기에 수시로 발길질을 해 대는 누나의 성격은 최하점도 아까울 정도였다. 그에 반해 윤겸 형은 착하고 다정했다. 성격이 다르다 보니 내가 맞네 네가 틀리네 아웅다웅하기 일쑤였지만 마늘 맛 치킨 취향 하나로 의기투합하는 커플이었다. 삼 년 넘게 잘 만나더니 도대체 무슨 이유로 헤어진 걸까? 경우가 빤히 쳐다보자 윤겸 형이 정신 줄 놓은 것 같은 얼굴로 말했다.

"우리 사이는 답이 없대. 미래가 노답이라서 도저히 만날 수가 없대."

이별에도 매너가 있는 법이다. 차라리 사랑이 식었다고 하지, 노답이라니! 윤겸 형 집안이 넉넉하지 않다는 건 누나에게 들어서 경우도 알고 있었다. 학교 로고가 그려진 점퍼를 당당하게 입고 다닐 만한 대학도 아니었고, 취업이 잘되는 학과와도 거리가 멀었다. 누나 역시 답이 없긴 마찬가지였다. 그렇지만 처음부터 솔직하게 자기 패를 보여 주면서 만난 사이라 했으니 서로 처지를 모르지 않았다. 그런데 갑자기 '노답'을 이유로 대는 건 왜일까.

"싸우지도 않았어. 싸우긴커녕 최근엔 잘 만나지도 못했어. 아무래도 연재한테 무슨 일이 생긴 거 같아."

윤겸 형 눈이 퀭했다. 사랑이 뭐라고 멀쩡한 사람이 아주 못쓰게 됐네, 쯧쯧.

"차라리 잘됐다 생각해. 지금에서야 말하지만 우리 누나 진짜 별로야. 이 일이 형한텐 로또라니까."

경우는 콜라 잔을 들어 윤겸 형 잔에 부딪쳤다. 사나이들의 진한 건배에 어울리는 효과음을 기대한 건 아니었지만 플라스틱 컵이 내는 틱, 소리가 저렴하게 울려 퍼졌다. 이래서 실연에는 콜라가 아니라 소주구나……. 파스타는 더더욱 아니고.

누나는 한다면 하는 사람이었다. 그러니까 이 연애는 끝이었다. 윤겸 형이 안쓰럽긴 했지만 누나와 끝났다면 경우에게도 스쳐 갈 인연이었다. 알바 월급 받았다며 가끔 용돈도 주고, 생일이면 문화 상품권도 슬쩍 건네곤 했었는데 이 인연도 오늘로 끝이구나. 언제쯤 자리에서 일어날까 경우가 눈치를 살피는데 윤겸 형이 또 얘길 시작했다.

"지질해 보이겠지만 난 이대로 못 끝내겠어. 정말 이해가 안 돼서 그래. 분명히 연재한테 뭔가 있다니까."

이해가 안 되고 내용이 찝찝해도 디 엔드, 자막이 나오면 그 영화는 끝이었다. 윤겸 형 얼굴을 보는데 경우는 갑자기 지난 모의고사 국어 시 지문이 떠올랐다. 가야 할 때가 언제인지를 아는 사람의 뒷모습이 아름답다는…….

하지만 그날 가야 할 때를 몰랐던 건 윤겸 형이 아니라 경우였다. 망친 시험지를 구겨 버리듯 그 자리를 박차고 나왔어야 했다. 그랬으면 윤겸 형의 부탁을 듣지 않았을 테니까. 지영이를 좀 만나 줄래? 넌 준호랑 친하잖아. 지영이를 만나서 연재에게 무슨 일이 생겼는지 알아봐 줘. 응? 그 간절한 응, 소리에 경우도 고개를 끄덕일 수밖에 없었다.

지영 누나는 어린이 발레 교실을 다니던 열두 살 때부터 지금까지 누나의 친구였다. 어린애를 혼자 둘 수 없던 엄마는 누나가 다니는 발레 교실에 경우를 데리고 다녔고, 누나가 스튜디오에서 짧고 통통한 다리를 찢는 동안 경우는 다른 누나를 따라온 또래 아이를 만나서 게임을 하거나 시시덕거렸다. 우리 누나 되게 무서워. 진짜? 우리 누나랑 똑같다. 누나들 흉을 보며 친해진 두 아이는 성질 더러운 누나를 둔 불행한 운명을 탓하며 소년이 됐고, 콧수염이 거뭇해질 무렵엔 인생의 절친이 되었다. 그렇게 누나 덕에 만난 친구가 바로 준호였다.

헤이 브라더, 형님 보러 왔냐? 싱거운 소리를 해 대는 준호를 간신히 따돌리고 경우는 지영 누나의 방문을 열었다. 누나의 근황에 대해 물어보자 지영 누나는 일단 모른다며 잡아뗐다.

"연재 일을 왜 나한테 물어? 한집에 사는 너도 모르는 걸 내가 어떻게 아냐."

국정 감사도 아니건만 성의 없이 대꾸하는 지영 누나가 얄미웠다. 그래도 혹시나 하는 마음으로 미끼를 던졌다.

"정말 이러기야? 윤겸 형은 일방적으로 이별 통보 받았다지, 누나는 누나대로 말도 않고 끙끙대지. 나도 걱정된다고. 근데 무슨 일인지 알아야 도와주든 말든 할 거 아냐."

누나 일에 간섭할 생각은 눈곱만큼도 없었는데 경우의 연기에 깜빡 속은 지영 누나가 입을 열었다. 미우니 고우니 해도 동생밖에 없네, 하면서. 그리고 지영 누나의 입에서 나온 말은 경우가 상상도 못 했던 얘기들이었다.

밤낮으로 알바를 하기에 두 학기 휴학한 건 알고 있었는데 누나는 벌써 세 학기째 휴학 중이었단다. 입학금만 집에서 받고 나머진 전부 대출받았다며? 그걸 혼자서 갚아 나가려니 힘들었지. 알바 쉬는 날이 하루도 없었을걸. 그 생활이 지긋지긋했나 봐. 선배들도 취업 못 해 빌빌대는 걸 보니 졸업에도 미련 없다고 얼마 전부터 해외 취업이랑 이민을 알아보고 있었어. 연재가 이민 스터디 하는 줄 몰랐지?

도배사 일을 하던 아빠가 허리를 다쳐 가게를 접으면서 집안 경제가 급격히 어려워졌다. 아빠는 얼른 누나가 취직을 해서 집안에

도움이 되었으면 하는 눈치였고 누나도 그 속내를 알고 있었다. 금수저는 바라지도 않아, 그냥 숟가락이라도 하나 있으면 좋겠다. 늦은 시간에 들어와 피곤에 전 얼굴로 경우에게 투정 부리듯 말하기도 했다.

"이민 스터디도 한 개가 아니라 나라별로 여러 개 들었대. 일본, 캐나다에 남미까지……. 정말 기를 쓰고 매달리더라. 그렇게 멀리 가서 살 수 있겠냐고 내가 말렸다니까."

누나가 노력파인 건 알았지만 이 나라를 떠나기 위해서 그렇게 애쓰고 있는 건 정말 몰랐다. 이렇게 공부해 봤자 취업도 못 하는데 이게 나라냐, 헬조선 탈출하자, 경우네 반 아이들은 떠들어 댔다. 어떻게 탈출할지도 모르고, 어디 오라는 곳도 없었지만 그 말을 할 때 아이들의 표정은 자못 비장했다. 마냥 장난만은 아니었으니까. 그러니 헬조선 탈출에 가까워지고 있다면 축하할 일일 테지만 그 당사자가 누나라 하니 기분이 묘했다. 아무리 그래도 가족인데 말 한마디 없이 떠나려고 했나……. 누나의 상황을 누구보다 잘 알면서도 서운한 감정이 드는 건 어쩔 수 없었다.

"이게 한 달 전의 상황이고 최근엔 내 전화도 안 받아. 연재가 갑자기 돈을 빌려 달라 했는데 거절했거든. 아무래도 느낌이 안 좋아. 윤겸이랑도 헤어졌다 하니 더 걱정되네."

누나는 돈 문제에선 누구보다 엄격했고 남에게 신세 지는 걸 질색하는 사람이었다. 그런데도 돈을 빌리려 했다고? 이별보다 큰 문제가 있는 건가 싶어 경우는 심각해졌다.

"갑자기 우리 누나는 왜? 무슨 일 있어?"

방 앞에서 기다린 준호가 뒤를 따라붙으며 물었다. 해맑은 얼굴이었다. 그 얼굴을 보자 경우는 컥 말이 막혔다. 탈조선을 하려는 누나 걱정이나 하고 있을 때가 아니었다. 아무것도 모르는 녀석과 평소처럼 이야기할 자신이 없었다.

"아 참, 급식 진상 조사 위원회 해체했다며?"

경우가 급하게 화제를 돌렸는데 이번엔 준호가 그렇게 됐다,라며 말을 흐렸다. 준호도 뭔가 할 말이 있는 눈치였다. 쟤는 또 뭔 일이람. 궁금했지만 준호의 비밀이 뭐건 간에 궁금함보단 찔리는 마음이 더 컸기에 그냥 집을 나섰다.

누나 말에 따르면 건물주가 종종 들러 우편물을 걷어 간다 했는데 아직까지는 아무 소리도 들리지 않았다. 시간을 보니 벌써 삼십 분이 지나 있었다. 엘리베이터 벽에 기대앉은 누나가 한숨을 푹 쉬더니 갑자기 경우를 째려봤다.

"언제부터 내 뒤 밟았어?"

누구 때문에 이 지경이 됐는데 적반하장이 따로 없었지만……
경우는 주눅이 들었다. 집에서 버스로 여덟 정거장이나 떨어져 있었고 경우의 생활 반경 어디에도 속하지 않는 곳이었다. 가뜩이나 어두컴컴한 엘리베이터가 취조실처럼 답답하게 느껴졌다. 혼자서 생각했을 리는 없고 누가 시켰지? 누구야? 누나가 다그치자 뭐라 변명할까 궁리하던 머리가 작동을 멈췄다. 핏줄이 무섭다고, 누나는 경우의 성격을 지나치게 잘 알았다. 경우는 세심하지만 치밀하지 못했고, 긍정적이지만 추진력이 약했다.

"윤겸이가 시켰지?"

기습적인 질문에 경우는 그만 고개를 끄덕였다. 파블로프의 개도 아니고 왜 누나 말엔 이렇게 곧바로 반응하게 되는 건지. 후폭풍이 엄청날 거라 예상했는데 씩씩대던 누나가 금세 잠잠해졌다.

"이제 와서 그게 뭐가 중요하겠니. 나 사실 사기당했어. 아까 있던 '유로익스프레스'가 해외 취업 대행하는 회사야. 유럽에 인턴으로 갈 수 있다 해서 알선 수수료에 항공료까지 줬는데 다 날렸어."

쓰레기밖에 없는 빈 사무실을 미친 듯이 뒤지기에 뭔가 사건이 터졌다는 건 짐작했었다. 왜 저런대? 집이 어려워지면서 경우도 실속을 따지는 데 익숙했기에, 이제 경우에게 떠오르는 의문은 사건의 내막만이 아니라 금액에 대한 것이기도 했다. 얼만데 그 난리를 친 거야? 뭐 묻기만 하면 몰라도 돼, 항상 퉁명스럽게 대답하기에 기대도 없이 물었는데 의외로 누나가 선선히 대답했다. 팔백.

팔백? 팔백만 원? 엘리베이터가 추락하는 것 같은 충격이었다. 어쩌다 치킨이라도 한 마리 쏘라 하면 시급 칠천 원 알바로 몇 시간 일해야 치킨 값을 버는지 아냐며 그 자리에서 계산기를 두드리는 사람이 누나였다. 그런데 겁도 없이 그 많은 돈을.

"미쳤어? 똑똑한 척, 잘난 척 다 하더니 어디서 사기꾼한테 홀랑 당하기나 하고."

불난 집에 부채질하는 격이라는 걸 알면서도 할 말은 하고 싶었다. 다섯 살 많은 게 무슨 대수냐! 화가 난 경우가 주먹으로 엘리베이터 벽을 쳤다. 진짜 미쳤었나 봐. 누나가 혼잣말을 하더니 자기 머리를 엉클어뜨렸다. 그걸로 죗값이 되겠냐? 머리를 확 쥐어박고 싶었는데…… 핏줄은 진짜 무섭다.

"한 대 때리고 싶지? 네 앞에서 있는 대로 잘난 척해 놔서 나도 쪽팔려 죽겠다."

경우의 마음을 귀신같이 알아맞혔다. 하여튼 여우라니까. 웃기지 마셔, 그런다고 내가 약해질 것 같아?

"……어쩌다 그렇게 된 건데?"

약해졌다. 이미 반은 무너졌다.

이민 스터디에서 마음이 잘 맞는 언니를 만났고 그 언니의 추천으로 유로익스프레스를 알게 됐단다. 사이트 들어가 보니 욕심나는 직장도 여러 군데 소개돼 있고 취업 성공 사례도 꽤 많아서 믿음이 갔다고 한다. 거기다 학교 레벨이나 성적은 안 따진다지, 열정만 있으면 도전해 보라는데 너 같으면 안 하겠냐며 누나가 되물었다. 사무실도 몇 번이나 방문했고 서류 보내면 배달 완료 문자 오는 걸 보고서 입금했다는데 경우도 할 말이 없었다.

"결국 둘 다 당한 거야?"

"아니. 그 언니가 공범이었어."

그 생각은 미처 못 했다. 누나에게만 뭐라 했지만 경우도 고스란히 당할 바보였다.

"건물주가 리모델링하려고 세입자들 내보내던 차에 몇 달 들어와 있었던 거래. 야반도주하듯 떠났다더니 정말 사무실이 엉망이더라고. 혹시 뭐라도 건질 게 있나 해서 몇 번 왔던 거야. 결국 빈손이지만."

경찰에 신고는 했지만 사건 해결에 진전이 없어 직접 나섰던 거란다.

"다른 친구는 돈보다 믿었던 사람한테 속은 게 화가 난다고 하는데 난 아니야. 그냥 돈 갚을 생각에 미치겠어. 그 돈이 어떤 돈인데……."

누나 눈에서 눈물이 주룩 흘렀다. 소금보다 더 짜고 독사보다 더 독한 누나가 무너지는 모습을 보니 경우도 당황스러웠다. 울지 마, 그깟 돈 갚으면 그만이지, 허세를 부릴 수도 없었고, 사람이 살다 보면 실수할 수도 있지, 다정하게 위로할 줄도 몰랐다. 가방에서 휴지를 꺼내려는데 손에 뭔가 잡혔다. 초콜릿이었다.

"그만 울고 이거라도 먹어."

소매로 씩씩하게 눈가를 닦은 누나가 초콜릿을 뜯다 말고 의미심장하게 웃었다.

"누구야?"

아무리 위기 상황이지만 눈치 백 단 누나를 너무 무시했다. 단 걸 안 먹는 경우가 초콜릿을 갖고 있다는 이상 징후를 누나는 그냥 지나치지 않았다. 아무도 없거든, 괜한 사람을 잡아. 슬쩍 넘어가려 했는데, 누나의 눈을 속일 수는 없었다.

"아니, 분명히 있어."

누나 말대로 있었다. 그것도 분명히! 오 마이 갓, 그 애는 바로 조예리였다.

먼저 마음을 준 건 준호였다.

"쟤 예쁘지 않냐?"

그 시간에 둘 앞을 지나간 건 예리밖에 없었다. '쟤'라면 예리? 경우가 손가락으로 예리를 가리키자 준호가 헤벌쭉 웃으며 고개를 끄덕였다. 이 자식이 돌았나? 아이들이 열광하는 걸 그룹 멤버들을 보면서도 이래서 별로, 저래서 싫다 시큰둥하던 녀석이었다. 게다가 지영 누나에게 어지간히 물렸는지 누나와 정반대인 여리여리하고 가냘픈 여자가 이상형이라 했었다. 도대체 어떤 여자를 만나나 두고 보자, 내심 궁금했었다. 예리는 작은 키에 떡 벌어진 어깨, 통통한 몸매까지, 준호의 이상형과는 거리가 멀었다. 그런데도 예뻐 보인다는 건……

"너 설마……?"

경우가 완성된 질문을 던지기도 전에 준호가 어깨를 으쓱했다.

"와이 낫!"

영어도 못하는 놈이 꼴값은. 그런데 와이 낫? 경우가 휘둥그레 눈을 뜨자 준호가 멋쩍게 고개를 끄덕였다.

예리는 그즈음 학교에서 가장 핫한 인물이었다. 2학기 개학 직후 1학년 몇 명이 식중독을 일으켰고 그 사건을 계기로 예리와 아이들 몇이 급식 진상 조사 위원회를 만들어 급식업체 교체와 급식 질 개선을 요구하는 서명을 받고 있었다. 예리는 그 일을 주도한 아이였다. '급식 열사'가 멋있어 보이는 건 인정! 그래도 추앙과 사랑이 일치하지는 않을 테니 한 번쯤 짚어 주고 싶었다.

"나대는 애 싫다며?"

"근데 쟤는 달라."

쟤는 달라……. 똑같은 것이 하루아침에 달라 보이는 것, 그건 사랑이었다. 준호가 그날로 급식 진상 조사 위원회에 들어간 건 순전히 예리에게 잘 보이기 위해서였다.

예리가 다가온 건 우연이었다.

하굣길 학교 후문 분식집에 예리가 있었다. 몇 개 없는 테이블은 이미 만석이었고 경우가 들어간다면 어쩔 수 없이 예리와 합석이었다. 들어가려다 멈칫한 경우의 눈에 테이블을 가득 채운 떡볶이 튀김 김밥이 보였다. 혼자서 저걸 다, 놀라고 있는데 예리가 들어

오란 손짓을 했다.

"내가 불편해? 왜 그냥 가려고 해?"

같은 반이지만 매사에 깐깐한 아이라 편하진 않았다. 뭐라 대답할지 몰라 망설이는데 예리가 피식 웃었다.

"됐다, 답 알 거 같으니까. 고민하지 말고 그냥 먹어."

그래 놓고 예리는 정말 말 한마디 없이 먹기만 했다. 성스러운 의식을 치르는 것처럼 떡볶이 하나를 집어 지겹도록 꼭꼭 씹어 삼켰다. 예리가 그러고 있으니 경우도 허겁지겁 먹을 수가 없었고 빨리 자리를 떠야지 했던 처음 계획도 물 건너가 버렸다. 간혹 눈이 마주쳐도 예리는 입을 열지 않았다. 그래도 그렇지 마주 보고 앉아서 어쩌면 입도 벙긋 안 할 수가 있나 슬그머니 서운해졌다.

"말 한마디 안 할 거면서 날 왜 불렀냐?"

결국 경우가 먼저 입을 열었다.

"편히 먹으라고 그런 거였는데, 미안."

너 같으면 이런 분위기에서 편히 먹겠니, 따지고 싶었지만 참았다.

"나 때문에 불편하다는 애들이 있어서. 그런다고 급식이 달라지냐, 나대는 게 꼴 보기 싫다, 그냥 관종이다……. 아무튼 말하기가 조심스럽네."

'급식 열사'니 '조다르크'니 하는 별명에 어울리지 않게 약한 모습이었다. 공짜로 얻어먹으면서 가만있기가 뭐해 경우가 한마디 던졌다.

"그런 애들은 항상 있어. 신경 쓰지 마. 아마 나한테는 존재감 없다 뭐라 할걸."

예리가 짚던 김밥을 내려놓으며 킥킥 웃었다.

"존재감 없는 게 아니라 편안한 거야. 누구와도 잘 어울린다고 할까, 어디건 스며든다고 할까, 하여튼 넌 그래."

뜬금없는 칭찬에 어쩔 줄 몰라 하는데 갑자기 예리가 이야기의 방향을 틀었다.

"고민거리가 하나 생겼는데…… 너한텐 말해도 될 것 같아서."

예리는 주인이 들을세라 목소리를 낮춰 급식 사건의 전말을 털어놓았다. "사실은 말이야……." 이런 비밀스러운 얘기를 들어도 되나 난감했지만……. 성큼 다가온 예리를 밀어낼 순 없었다.

예리는 생각지도 못한 순간에 불쑥 선을 넘어왔다. 며칠 뒤 교실에서 마주친 예리가 경우를 구석으로 끌고 갔다. 왜 이래, 하면서 끌려갔더니 "그 얘기 준호한테도 안 했더라. 완전 믿음직한걸." 예리가 눈을 찡긋했다.

경우가 준호에게도 말을 안 한 건 입이 무거워서가 아니라 예리에게 트집 잡히기 싫어서였다. 그래도 예리가 눈을 찡긋하니 왠지 기분이 좋았다. 저건 자연스러운 제스처야, 그 이상의 의미는 없어, 그렇게 생각했지만 늘 보던 예리가 어쩐지 달라 보였고 자꾸 눈길이 갔다.

분식집 비밀 회동 후 가까워졌다 여겼는지 예리는 장난처럼 경우의 옆구리를 팔꿈치로 툭 치고 지나가기도 했다. 툭,도 스킨십에 포함되려나. 경우는 예리의 팔꿈치가 닿았던 자리가 한동안 얼얼하게 느껴졌다. 눈은 왜 자꾸 깜빡거린대, 흉봤던 예리의 눈 찡긋도 볼 때마다 좋았다.

어느 날은 옆자리에 앉아서 갑자기 귀에다 속삭이기도 했다.

"어제 위원회 애들한테도 말했는데 전부 다 반대야. 그거 알려지면 우리만 손해라고. 맞는 말이긴 한데 왜 이렇게 찝찝하냐?"

예리는 말하면서 콧잔등에 주름이 생기도록 인상을 썼다. 경우는 그 모습이 안쓰러웠지만 내 앞에서만 힘든 내색을 하는구나 싶어 뿌듯한 마음도 들었다. 이렇게 예리가 나한테 의지하는 걸 아무도 모르겠지? 히죽 웃다가 깨달았다. 아, 준호!

잠깐 준호를 잊고 있었다. 예리가 지나가는 순간에 문득 사랑을 느꼈다는 녀석의 말을 비웃었는데 경우 역시 느닷없이 그 감정이 찾아왔다. 땅으로 쿵 떨어지는 사과를 보면서 만유인력을 발견했다던 뉴턴의 일화가 순전히 거짓일 거라 믿었는데 모든 일은 정말 한순간이었다. 되돌릴 수 없는 한순간.

경우에게 준호는 형제와 같은 친구였다. 준호를 떠올리자 무심코 넘긴 책장에 손을 베인 것처럼 마음이 따끔했다. 준호를 배신할 수 없다 생각했지만…… 경우 마음도 마음대로 되지 않았다. 큰일은 이미 벌어져 있었다.

"사랑과 우정 사이의 갈등? 그런 일은 주인공한테나 생기는 거야. 너랑 준호 같은 애들이 아니라."

앞니에 초콜릿을 묻힌 누나가 배를 잡고 웃었다. 아무리 누나라도 동생의 진지한 고민을 비웃는 건 불쾌했다.

"그렇게 사랑을 잘 아는 사람이 형이랑은 왜 헤어졌대? 가난해서 찬 거잖아, 이 속물아!"

경우는 사랑에도 비용이 든다는 걸 누나와 윤겸 형을 보면서 알았다. 가난한 연인 콘셉트로 소박하게 만나면 안 돼? 왜 번번이 싸워? 얘가 정말 속 터지는 소리 하네. 영화 속 가난한 연인 모습, 그거 다 뻥이야. 우리도 돈 아끼려고 손잡고 한강도 걸어 봤어. 어떨 거 같아? 알바 끝나고 지쳤는데 마냥 걸어 봐. 몸은 축축 늘어지고 발바닥에선 불나. 영화라도 한 편 보면 그날 저녁은 돈 아끼려고 싼 밥집 찾아다녀야 돼. 블로그에 올릴 가성비 좋은 맛집을 찾아다닌다지만 사실 아니잖아. 아닌 거 뻔히 알면서 웃는 얼굴로 속이는 게 싫어. 가난이 설정이 아니라 리얼이라서 싫은 거야.

하지만 그게 다는 아니었다. 부루퉁한 얼굴로 불만을 늘어놓다가도 누나는 윤겸 형 전화가 오면 언제 그랬냐는 듯 활짝 웃었다. 아까 미안. 피곤해서 나도 모르게 짜증 냈어. 너도 오늘 힘들었지? 괜찮다니까. 누나는 경우가 들을까 봐 한 손으로 핸드폰을 가리고 얼른 방으로 도망치곤 했다.

사정을 모르는 것도 아니면서 너무 심하게 말했나 싶었는데 누나가 울컥한 목소리로 말했다.

"말 함부로 하지 마. 가난해서 헤어질 거면 벌써 오래전에 끝냈어."

삼 년이나 만나 온 애야. 누구보다 성실하고 착해. 요만큼도 한눈팔지 않고. 그래서 답답하지만 그게 없으면 윤겸이가 아닐 거야. 경우도 아는 윤겸 형의 모습이었다.

말하기가 벅찬 듯 깊은 숨을 들이쉰 누나는 경우가 몰랐던 얘기도 들려줬다. 남자 친구이기 이전에 생계 전선을 같이 헤쳐 온 전우 같은 존재라고. 몸살이 나면 만사를 제쳐 놓고 알바도 대신 뛰어 주었다고. 남들 다 하는 커플링 대신 커플 통장 만들자 했을 때, 궁상스러워 싫다 했지만 결국 매달 조금씩이라도 꾸준히 돈을 넣은 건 자신이 아니라 윤겸이었다고. 심지어는 졸업 후에 같이 여행 가기 위해 모은 돈을 학비 때문에 깼을 때도 싫은 내색 한 번을 안 했다고. 힘들다고 주저앉을 때마다 끊임없이 응원해 준 아이였다고. 윤겸인 그런 애라고.

"그러니까 왜 헤어졌는데?"

누나의 말을 들으니 더더욱, 두 사람이 헤어질 이유가 없었다.

"지쳤으니까……. 남아 있는 학자금 대출에 이번에 빌린 돈까지 얼만 줄 알아? 돈 생각만 하면 머리가 지끈거려. 이제 겨우 스물세

살인데 빚더미에 올라앉았어. 그거 갚으려면 잠도 못 자고 알바해야 돼. 연애를 어떻게 하니?"

결승선도 없는 구간을 쉬지 않고 달리는 느낌으로 살았다고, 혼자 뛰는 것만으로도 힘든데 나 같은 사람이 또 있다 생각하면 숨이 턱 막히는 것 같다고……. 말하는 목소리에 기운이 없었다.

"윤겸이 앞날도 막막해. 그래서 힘들었어. 그런데 이젠 내 미래가 너무 캄캄해서 누굴 만날 엄두가 안 나."

붉어진 누나 눈을 보니 아무것도 모르면서 멋대로 지껄였구나 싶었다. 미안해졌다. 경우는 아까부터 만지작거리던 지갑에서 신사임당 두 장을 꺼내 건넸다.

"형한테 줘. 아무래도 받으면 안 될 거 같아."

누나를 걱정해서 따라온 게 아니었다. 윤겸 형이 돈을 주면서 부탁해서였다. 뒤를 밟으라는 구체적인 지시는 없었지만 값은 해야겠기에 따라왔고 누나에게 딱 걸린 거였다.

"어이없어. 이 돈이 받고 싶던?"

한 치의 망설임도 없이 경우가 고개를 끄덕이자 누나가 피식 웃었다.

"돈 좋아하는 건 나랑 똑같네. 남매 아니랄까 봐."

최윤겸 큰돈 썼네, 혼잣말하는 누나의 입가가 살짝 벌어졌다.

예리는 한글 이름이었다. 원래 풀 네임은 예쁘게 피어나리, 인데

줄여서 예리. 좀 유치한가? 같이 운동장을 서성이다가 또 선을 넘어온 예리가 해 준 말이었다. 유치하긴, 근사하지! 하지만 예쁘게 피어나는 것이 어디 쉬운 일이던가. 한 송이 국화꽃을 피우기 위해 봄부터 소쩍새는 울어야 하고, 흔들리지 않고 피는 꽃이 없는 것처럼 예리도 만만치 않은 시련을 겪어야 했다.

예리는 결국 식중독 사건의 전말을 아이들에게 공개했다. 식중독에 걸린 1학년 아이들은 문제의 그날 급식실에서 학생증만 대고 급식은 먹지 않았다고. 그 대신 후문 분식집에서 점심을 사 먹었다고. 그날의 급식은 식중독의 원인이 아니라고.

급식 진상 조사 위원회 아이들과 의논하지 않고 혼자 내린 결정인 데다 이번 기회에 급식의 변화를 바라던 아이들의 기대를 저버린 대가로 예리는 엄청나게 많은 욕을 먹었다. 경우가 예리를 위해 해 줄 수 있는 건 가끔 캔 음료를 건네거나 초콜릿을 주는 게 전부였다.

"우리도 끝까지 감추겠다는 입장은 아니었어. 위원회 아이들은 급식업체 교체와 식자재 원가를 공개하는 걸 학교 측과 협상 중이니까 그게 끝나면 밝히자 말했는데 예리가 먼저 말한 거야."

준호도 예리가 혼자 일을 결정한 것에 분노했다. 진짜로 화가 났는지 말하는 얼굴도 벌겋다. 그래서 이젠 싫어? 자연스러움을 가장해 어깨를 치며 물었는데 준호는 요령껏 빠져나갔다.

"내 연애는 셀프로 해결할 테니까 신경 끄셔."

준호가 '디 엔드'를 선언하기 전까지 경우는 예리에게 고백하면
안 됐다. 그게 페어플레이였다.

누나 배에서 꼬르륵 소리가 들렸다. 점심도 먹지 않았단다. 한
끼 굶는다고 부자 되는 것도 아닌데 궁상하고는. 볼살이 쏙 들어간
얼굴이 그제야 보였다.

"나 보면 네 미래마저 불안해 보이지? 배곯아 가며 살아도 별거
없구나 싶고."

매일 책상에 앉아 있었는데도 별 볼 일 없는 대학에 들어가고,
미친 듯이 뛰어다녔는데도 취업마저 힘들어진 누나를 보면서 그
런 생각을 안 한 건 아니었다. 하지만 누나 탓이 아니라는 걸 경우
만큼은 알았다.

"뭘 미래씩이나. 당장 여기서 나갈 수 있을지 없을지도 불안한
데."

맞네, 하며 누나가 웃었다. 코앞의 일도 모르는데 기약 없는 미
래까지 걱정할 순 없었다. 지금이 중요했고 지금의 걱정이 제일
컸다.

올 때마다 건물주를 마주쳤다던 누나의 말과는 다르게 갇힌 지
네 시간이 지나도록 누구도 찾아오지 않았다. 경우의 방광은 한계
에 다다라 있었고 태연히 기다리던 누나도 시간이 갈수록 초조해
했다. 원래도 살갑지 않던 남매의 의기투합은 오래가지 않아 바닥

을 드러냈다.

금방 온다며? 말이 그렇다는 거지. 그러게 누가 뒤밟으랬어? 아무짝에도 쓸모없는 신경전으로 체력을 방전하고 있을 때 멀리서 인기척이 들렸다. 기회를 놓칠 순 없었다. 여기요, 여기 사람 있어요! 경우가 마지막 힘을 짜내며 엘리베이터 문을 두들겼다. 이 문을 열어 주는 자, 평생의 은인으로 모시리라. 하다못해 사기꾼 일당일지라도.

발소리의 주인공은 건물주도, 사기꾼도 아닌 윤겸 형이었다. 경우에게 거금을 주고 부탁을 했으면서 본인도 따로 누나의 일을 조사하다가 결국 유로익스프레스 사무실을 알게 됐고, 경우까지 연락이 안 되자 혹시나 싶어 찾아왔다고 했다.

"왜 둘 다 갇힌 거야? 괜찮아? 얼른 119 부를게."

세금이 헛되이 쓰이진 않았는지 119는 금방 도착했고 경우는 바지에 오줌을 싸는 초유의 사태를 피해 극적으로 화장실에 갈 수 있었다. 그 해방감이란 정말……. 화장실에서 나왔을 때 누나는 윤겸 형 품에 안겨 울고 있었다. 윤겸아 미안해, 하면서. 언제는 노답이라더니, 참!

눈꼴신 애정 행각을 마냥 바라볼 수 없던 경우도 자리를 떴다. 정말 이대로 죽는다면 어쩌지? 차가운 바닥에 누워 방광과 사투를 벌이면서 보고 싶은 얼굴이 떠올랐고 갈팡질팡하던 마음을 정리할 수 있었다.

앞날이 막막한 남자와 미래가 캄캄한 여자는 다시 연애를 시작했다.

"연애하기 더럽게 힘드네. 시간과 돈을 쪼개 가면서 만나려니 아주 지친다 지쳐."

누나는 밥 먹고 똥 싸고 빚 갚는 일상에 다시 연애까지 추가돼 잠잘 시간도 없다며 투덜거렸지만 얼굴만은 좋아 보였다. 무 자르듯 쉽게 끝낼 수 있으면 그게 진짜 사랑이겠냐며 로미오와 줄리엣, 성춘향과 이몽룡이 그러했듯 모든 사랑은 고통 속에서 피어나는 법이라 말했다. 경우가 반납한 10만 원은 재회 기념 데이트에 알차게 썼다고 했다. 혹시나 윤겸 형이 다시 주지 않을까 기대했는데 지독한 것도 닮아 가나 보다.

방광과의 사투 속에서 깨달음을 얻은 경우도 예리를 만나 고백했다. 그리고 보기 좋게 차였다.

"저스트 프렌드. 그게 내 답이야. 요즘 무지하게 힘들어서 남친 하나 만들어 의지하고 싶은 마음도 들긴 하지만, 아닌 건 아니니까."

경우가 건네는 캔 음료와 초콜릿을 사양하지 않고 받기에 예리 마음도 같은 줄 알았는데……. 그냥 좋아서 먹었던 거다.

"학교 측 전화를 받았어. 식중독 걸린 아이들이 분식 먹은 걸 학교도 그새 알아냈더라고. 위원회 아이들 징계까지 들먹였어. 그래서 홈페이지에 먼저 사실을 알린 거였어. 잠시나마 불의를 눈감은 대가를 치른 거지."

교무실 돌면서 선생님들 만나고 대표로 오만소리를 다 듣는 동안 시간이 지체됐고 그러는 사이 아이들에게도 그렇게 많은 욕이 쌓인 줄은 몰랐단다. 급식 진상 조사 위원회 아이들한테도 어쩔 수 없이 나중에 사정을 설명했단다. 고백은 거절당했지만 예리는 멋진 아이였다.

누나는 사랑이 끝내기 어렵다 했지만 사랑의 시작도 쉽지는 않았다. 생각해 보면 예리가 좋았던 건 언제나 아무개 외 몇 명으로만 존재했던 경우를 눈여겨봐 주어서였다. 남들에게 말 못 할 비밀을 말해 주면서, 힘든 민낯을 보여 주면서 경우를 오롯이 각별한 존재로 대했다. 쪽팔린 건 여전했지만 입이 무거운 아이라 허무한 고백이 소문날 일이 없는 게 그나마 다행이었다.

"준호도 거절했어. 친구 사이에 마음 상할 일은 없겠지?"

예리가 또 눈을 찡긋했다. 이 상황에서 왜 눈을? 그냥 버릇이었구나. 그걸 모르고 아휴······. 경우는 제 머리를 쥐어박고 싶었다. 용건을 끝내자 칼같이 돌아서는 예리를 보면서 경우는 현실을 자각했다. 상대방은 전혀 마음이 없는데 혼자서 김칫국을 들이켰다는 걸. 매운 고추를 먹은 것처럼 얼굴이 홧홧해질 때 띠링 문자 알림음이 울렸다.

어때? 한우낭자, 한우도령.

뜬금없는 문자와 함께 도착한 건 한 장의 사진이었다. 정육 식당을 배경으로 전단지를 나눠 주는 암소 한우 인형. 인형 탈 안에 누가 들어가 있는지는 안 봐도 뻔했다. 사진을 보던 경우가 빙그레 웃었다.

한우도령에 한 표!

누나에게 문자를 보냈다. 지쳤다 해도 같이 뛰는 게 덜 힘들겠지……. 탈도 같이 써야 덜 쪽팔리겠지……. 탈바가지 안에서 구슬 땀을 흘리는 알바 커플의 미래가 어둡지만은 않으리라 믿고 싶었다. 경우도 실연의 쪽팔림을 같이 나눌 누군가에게 전화를 걸었다. 화면에 '주노새키'가 환하게 떴다.

그날 밤에 생긴 일

수입 원목이라는 말이 무색하게, 구입한 지 삼 년 만에 상판이 들뜨기 시작한 싸구려 식탁 위에 보란 듯이 담배가 놓여 있었다. 방으로 들어가려던 묘성의 발끝이 식탁 앞에서 멈췄다.

떡집은 지난번 시위에도 빠졌잖아. 지금 단체 주문이 대수야? 누구는 뭐 한가해서 나가는 줄 아나. 재래시장 인근에 복합 쇼핑몰이 생긴다는 소식에 상인들은 결사반대를 외치며 시위에 나섰고 아빠는 지금도 그 일로 안방에서 통화 중이었다.

험악했던 목소리가 누그러진 건 누군가의 이름이 나오면서부터였다. 권 의원 사람 참 좋데. 일일이 손잡고 악수하는데 고맙더라고. 이름깨나 날린다는 시 의원이 재래시장 상권 보호를 위해 상인들의 투쟁에 지지 의사를 밝혔다는 소식은 묘성도 들어 알고 있었다. 그런데 '용궁건어물' 사장님은 너무하셨네. 어쩌자고 식탁 위에 담뱃갑을 떡하니 놓아두셨나. 담배를 바라보던 묘성의 입 안에 침이 고였다.

묘성은 넉 달 전에 담배를 끊었다. 묘성에게 담배는 어느 패밀리 레스토랑의 투움바파스타 같은 존재였다. 자주 먹을 수는 없지만 가끔은 못 견디게 먹고 싶어지는 그런……. 투움바파스타처럼 정말 가끔 가까이했을 뿐인데, 묘성은 두 번이나 흡연 지도에 걸려 징계를 받았다.

묘성이 금연을 결심한 데에는 두 번의 징계가 큰 영향을 미쳤지만 그게 전부는 아니었다.

줄담배 피우는 연지도 안 걸린 걸, 너 진짜 웬일이니! 단짝 상희의 말처럼 두 번의 징계는 묘성에게 억울하고 가혹한 일이었다. 하지만 흡연자인 것만은 부정할 수 없었으므로, 묘성은 군소리 없이 징계를 받아들였다. 묘성에게 담배는 불운의 이미지였고 더 이상 그런 불운을 받아들이긴 싫었다.

학생이 담배라니, 아휴! 나부터 끊을 테니까 너도 피우지 마. 땅이 꺼져라 한숨 쉬면서 말할 땐 언제고……. 하지만 슬그머니 결심을 무너뜨린 아빠에게만 뭐라 할 순 없었다. 묘성도 얼른 담배 한 개비와 서랍에 숨겨 놓은 라이터를 챙겨 집 밖으로 나왔으니까.

묘성은 원래 빌라 앞에서 느긋이 한 대를 피우고 들어갈 생각이었다. 투쟁 위원회 얘기를 시작하면 이십 분은 가뿐히 넘기는 아빠의 통화 습관을 알고 있었기 때문이었다. 그런데 평소 이 시간이라면 개미 새끼 한 마리 찾기 힘든 골목에 옆집 아줌마가 나와 서성이고 있었다. 묘성은 옆집 아줌마의 눈치가 보였다. 정작 옆집 아줌마는 묘성을 쳐다보지도 않았지만 느낌이 괜히 그랬다. 묘성은 슈퍼라도 가려는 것처럼 골목 밖으로 나왔으나 마을버스가 다니는 큰길엔 늦은 시간임에도 더러 사람들이 보였다. 투움바파스타는 아무 때나 먹는 게 아니구나. 묘성은 아쉬운 마음에 주머니에 든 담배를 만지작거렸다. 그냥 집에 들어갈까, 했지만 맥없이 돌아가기엔 기회가 아까웠다.

돌이켜 보면 거기서 멈췄어야 했다. 왜 그때 공사장 근처 식당가가 떠올랐을까? 저녁 장사를 마치는 9시 무렵이면 대부분의 식당이 문을 닫았고 그곳에는 예상대로 인적이 없었다. 웬일인지 왕복 4차로 도로에도 지나가는 차가 안 보였다. 영화 세트장처럼 텅 빈 거리가 어쩐지 비현실적이어서 묘성은 잠깐 위를 올려다봤다. 어두운 하늘 한가운데 왼쪽으로 이지러진 달이 보였다. 저건 상현달이던가, 하현달이던가……. 깎아 놓은 손톱 같은 달을 보다가 묘성은 이렇게 한가하게 있을 때가 아니지 싶어 정신을 차렸다. '잠깐 편의점 갔다 올게.' 아빠에게 문자를 보내 알리바이를 만든 후 담배를 입에 물었다. 밤바다의 폭죽처럼 어둠 속에서 치이익 빨간 불꽃이 피어올랐다. 사소한 갈등으로 연락을 미루다 어영부영 헤어졌던 옛 애인을 만난 느낌이었다. 이게 우리의 결별 이유야, 정확히 말해 주는 것이 한때 사랑했던 애인에 대한 예의라 믿었다.

일단 널 그렇게 좋아한 건 아니었어. 널 만날 때마다 재수 없는 일이 벌어졌고, 무엇보다 학생 신분에 넌 너무 비싸. 그래도 네 덕분에 행복했어, 아픈 나를 위로해 줬으니까. 하지만 이젠 정말 안녕이야. 묘성은 마지막 담배를 음미하며 식당가 끝에 있는 편의점을 향해 걸었다. 그런데 찻길 건너편의 진미식당 문 앞에 누군가 비스듬히 기대 앉아 있었다. 공사장을 드나들던 레미콘 차량이 가로등을 부러뜨린 뒤 아직까지 교체 공사가 이뤄지지 않아 주변은 어두웠다. 묘성은 눈을 찡그리며 어둠 속을 노려봤다. 고개를 푹 숙였지만 체격으로 보아 남자였다. 혹시 취객인가? 아니면 의식을 잃고 쓰러진 건가? 도움이 필요한 거라면 지금이라도 당장 이 도로를 건너야 할 텐데…….

늦은 밤이라는 시간적 제약과 건장한 체구의 남성이라는 물리적 제약 때문에 묘성은 선뜻 마음을 정하기가 쉽지 않았다. 묘성이 망설이는 동안 남자가 움찔했다. 고통에 몸을 비트는 건가 싶어 걱정이 앞섰다. 일상생활에 큰 불편은 없지만 양안 0.7인 묘성의 시력으로는 도로 너머 남자의 상태를 정확히 알아차릴 수 없었다. 신고를 하는 게 빠르겠다. 담배를 비벼 끄고 핸드폰을 들었을 때 문득 또 다른 생각이 떠올랐다. 사진을 찍으면 보이지 않을까? 어두워서 제대로 찍히려나 걱정을 하며 핸드폰 카메라를 켤 때, 마침 전조등을 켠 오토바이가 지나가며 적당한 조명 기능까지 더해 줬다. 찰칵. 오토바이 소리에 고개를 번쩍 든 남자의 모습이 묘성 눈에 또렷이 보였다. 화면에 들어온 남자의 모습을 확대해 보고서야 묘성은 진실을 알아차렸다. 남자의 양손이 바지 지퍼 쪽에 올라가 있었다. 남자는 아파서 쓰러진 게 아니었다.

주위를 둘러보던 남자가 길 건너 묘성을 바라봤다. 자세히 보이진 않았지만 어쩐지 얼굴이 뜨거워질 만큼 강한 시선이 느껴졌다. 묘성은 순간 섬뜩했다. 오토바이 굉음에 카메라 촬영 소리는 묻혔을 거야. 급하게 핸드폰을 주머니에 넣은 묘성은 지나가던 길인 양 자리를 떴다. 혹시라도 남자가 따라올까 봐 심장이 두근거렸다. 발소리가 뒤따를까 봐 긴장을 놓지 않았지만 다행히 아무 소리도 들리지 않았다. 평소보다 빠른 걸음으로 편의점 앞까지 온 묘성이 뒤돌아봤을 때, 남자는 아직 그곳에 앉아 있었다.

똥이 무서워서 피하냐, 더러워서 피하지. 고개를 돌리려는데 남자의 뒤편으로 집현전독서실 간판이 보였다. 상희가 다니는 독서실이었다. 인간 알람 상희는 날마다 0시 20분까지 독서실에서 공부했고 그 길을 지나 집으로 간다. 묘성은 잠깐 고민했지만 미련 없이 발걸음을 옮겼다. 남들이 자기 사정을 속속들이 알아채길 원하지 않는 만큼 묘성도 남의 일엔 관심이 없었다. 바지 지퍼에 양손이 올라와 있었다 한들……

그날 밤 집으로 가는 길에 경찰 지구대의 환한 불빛을 보지 않았다면 묘성은 그대로 신고하지 않았을 터였다. 하지만 묘성이 더럽다며 피한 '그것'을 상희는 무서워할 아이였고, 지구대 바로 코앞에서 모른 척하는 것도 좀 아니라는 생각이 들었다. 물론 지구대를 방문하지는 않았다. 혹시라도 유난히 니코틴 냄새에 민감한 경찰이 있을까 싶어서였다. 묘성은 핸드폰 키패드의 숫자를 세 번 꾹 눌렀다.

며칠 후 묘성은 낯선 번호로 온 전화를 한 통 받았다. 위협적인 저음의 목소리는 자신을 인근 지구대의 오 순경이라 했다.

"공연 음란죄 신고한 분이죠?"

묘성은 아니라고 했다. 그저 식당 앞에서 변태 같은 짓을 하는 남자를 신고했을 뿐이라고 말했다.

"그게 법적으로 공연 음란죄예요. 근데 혹시 학생이에요?"

학생이면 공연 음란죄를 알아야 하나? 오 순경의 무시하는 듯한 말투에 기분이 상한 묘성이 그런데요, 하며 되물었다.

"신고 사항 다시 확인할게요. 10월 13일 밤 11시 25분, 진미식당 앞에서 파란색 티셔츠에 하얀색 바지를 입은 남자가 음란 행위를 하고 있었다. 이렇게 신고한 거 맞나요?"

112에 신고하면 녹음이 된다 했는데 왜 이걸 다시 확인하는 걸까. 묘성은 의문이 들었지만 그렇다고 고분고분 대답했다.

"일단 경과를 말씀드릴게요. 상황실 지령을 받고 출동했을 때 진미식당 앞엔 아무도 없었어요. 그곳으로부터 150미터 떨어진 부근에서 카키색 셔츠에 비둘기색 바지를 입은 남자를 발견했지만 수상한 점을 찾지는 못했어요."

파란색 티셔츠에 흰 바지를 입은 남자와 카키색 셔츠에 비둘기색 바지를 입은 남자는 얼마나 다른 걸까? 수업 시간에만 끼는 동그란 안경 없이, 어두운 밤 왕복 4차로 도로 건너편의 남자를 제대로 보기는 한 걸까? 수화기 너머 오 순경의 목소리는 고압적이었고 묘성은 불과 며칠 전 사건이 정말 있었던 일인지 스스로도 의심스러워졌다. 묘성이 아무런 대꾸도 안 하자 오 순경이 다시 말했다.

"학생이라니까 걱정돼서 하는 말인데, 다음부턴 밤늦게 돌아다니지 말아요. 참고로 하나만 더 말하자면 신원 확인 결과 그분은 수년 전부터 청소년 선도 위원으로 활동하셨고 현재 신분 또한 아주 확실합니다."

오 순경은 타이핑된 문서를 읽는 것처럼 아주 확실합니다,라는 말을 또박또박 발음했다. 그러고는 휴, 깊은 한숨을 내뱉었다. 구취 섞인 그의 입김이 핸드폰을 통해 새어 나오는 것 같아 묘성은 한순간 움찔했다. 확신에 찬 오 순경의 말과 전화선을 뚫을 듯한 깊은 한숨에 묘성은 주눅이 들었다.

"저기…… 그럼 어떻게 되는 건가요?"

묘성의 말을 기다린 듯 오 순경이 잽싸게 대답했다.

"사건을 그냥 종결 처리 하겠습니다. 괜찮죠?"

종결 처리는 어떻게 한다는 걸까? 그리고 뭐가 괜찮다는 걸까? 좀 쉽게 설명해 주면 좋겠다고 말하려던 찰나 오 순경은 그럼 바빠서, 하며 전화를 끊었다. 전화를 끊고 나서야 묘성은 자신이 오 순경의 질문에 대답하지 않았음을 깨달았다.

십칠 년 삼 개월, 길지 않은 묘성의 인생에 후회로 남은 일들은 모두 찜찜한 느낌을 외면한 순간 시작됐다. 그리고 불운했던 사건의 이면에는 꼭 평소와 다른 점이 있었다. 그날은 이어폰과 도로 공사였다. 다른 날이라면 이어폰을 귀에 꽂고 인디 밴드의 음악을 귀청이 찢어질 듯 들었을 텐데, 그날은 늦잠을 잔 탓에 서두르느라 미처 이어폰을 챙기지 못했다. 게다가 학굣길 정문 앞 버스 정류장에는 묘성이 타야 할 버스가 도로 공사 때문에 6월 15일까지 후문 쪽으로 우회한다는 알림이 붙어 있었다.

"고묘성, 하나 할래?"

후문으로 가는 길에 그 목소리를 들은 건 바로 그 두 가지 변동 사항 때문이었다.

석 달 전 꽃샘추위가 매서웠던 날, 묘성은 독서실 책상에 감춰 둔 담배를 들고 나와 옥상에서 피우다가 같은 학년 남자아이에게 들킨 적이 있었다. 야자를 빼고 집에 가는 묘성을 부른 건 그때 그 아이였다.

"무사히 야자 쨴 기념, 어때?"

그 애가 말했다.

바람이 거세게 불던 독서실 옥상에서 의외라는 표정으로 바라보던 그 아이에게 묘성은 기념하는 날에만 가끔 피워, 핑계를 댔다. 핑계였지만 거짓말은 아니었다. 3월 모의고사 점수가 30점이나 오른 기념이니까 말이다. 아이는 묘성이 별생각 없이 던졌던 그 말을 기억하고 있었나 보다. 제법 길어진 오후 햇살을 등지고 선 아이의 손가락엔 담배 한 개비가 쥐어져 있었다. 장미 넝쿨이 우거진 담벼락 앞에서 담배를 권하는 아이의 목소리는 무척이나 담백했다. "같이 라면 먹을래?" 하고 묻는 것처럼.

사실 독서실 옥상에서 마주쳤던 날, 남자아이가 담배를 피운다는 사실에 묘성도 조금 놀랐다. 그 아이는 묘성이 초등학교 시절 썼던 24색 크레파스 중에 가장 길게 남아 있던 주황색 같은 존재였다. 하나 잃어버려도 그림 한 장은 불편 없이 완성할 수 있는, 그런 주황색 같은 아이. 불량하거나 자유로운 이미지가 전혀 아니었기에 아이와 담배는 잘 연결되지 않았다. 하긴 그 아이 눈에 묘성도 그렇게 보였을 테지만……. 당시 묘성과 아이는 말 한마디 나누지 않고 각자 담배를 피우고 옥상에서 내려왔다. 그래도 흡연 커밍아웃 덕분인지, 그 후 복도를 오가다 마주칠 때면 아이는 묘성을 향해 살짝 고개를 끄덕였다.

어쨌든 말 한마디 걸지 않던 아이가 그날 스스럼없이 담배를 권할 수 있던 이유는 6월 모의고사가 끝났다는 홀가분함 덕분이었다. 모의고사가 끝났지 수능이 끝난 건 아니다, 담임이 엄포를 놨지만 묘성은 시험 시간 내내 지끈거렸던 두통을 호소하며 야자를 뺄 수 있었다.

가만, 무사히 야자 쨌 기념? 남자 아이는 묘성과 달리 합법적으로 학교를 탈출한 건 아닌 듯했다. 하지만 무단으로 야자를 쨌 아이는 수없이 많았고 그 아이만 특별한 경우는 아니었다. 그런데도 묘성은 그 말이 몹시 찜찜했다. 불타오르듯 활짝 핀 장미 넝쿨 아래서 담배를 피운다는 상황도 몹시 생경했지만……. 묘성은 결국 유혹을 뿌리치지 못했다. 급한 시험은 끝났고 잠시나마 여유를 부려도 되겠지 생각했다. 바닥에 떨어진 담배꽁초를 보면서 여기가 흡연 명당이구나 싶어 더욱 마음이 놓였다.

묘성과 아이는 바람 불던 옥상에서처럼 말 한마디 나누지 않고 담배를 피웠지만……. 그 시간, 아니 두 아이가 담배를 피우기 불과 몇 분 전, 장미 넝쿨 담벼락 안쪽 집에서는 학교 인근에 산다는 이유만으로 날마다 담배 연기에 시달리고 담배꽁초 줍기에 진절머리가 난 육십 대 안주인이 목에 핏대를 세워 가며 학교에 항의 전화를 걸고 있었다. 지금 당장 담배 피우는 세 놈을 잡아가 달라고. 그 세 놈은 묘성과 남자아이보다 조금 전에 담배를 피우던 아이들이었지만 항의 전화를 받고 달려온 학생부 선생의 눈엔 세 놈이건, 두 놈이건 디테일은 중요하지 않았다.

"이 녀석 봐라. 넌 벌써 한 번 전력이 있네."

학생부 선생은 뱀처럼 매서운 눈으로 묘성을 쳐다봤다. 그의 말마따나 묘성은 이미 1학년 때 흡연 지도에 걸린 전력이 있었다.

종례를 앞둔 어수선한 시간, 옆 반 남자아이가 묘성을 찾아와 다급하게 담배를 내밀었다. 떡 벌어진 어깨 때문에 어깨 깡패라 불리던 그 아이는 묘성의 남자 친구였다. 큰일 났어, 우리 담임 완전 빡쳐서 종례 시간에 가방 검사한대. 그거 불법 아니야? 묘성의 말에도 어깨 깡패는 제 말만 했다. 오전에 도난 사건이 있었거든, 그거 때문에 열받았나 봐. 아침에 핸드폰을 걷었으니 증거 영상도 못 찍을 테고. 교무실에서 눈치 간 반장이 문제 될 거 있음 빨리 버리라고 정보 줬기에 망정이지……. 암튼 나 가야 해. 겨우 두 달 남짓 사귄 어깨 깡패는 화장실에 버리기 아까운 담배를 묘성에게 맡기고 갔다. 그때도 묘성은 굉장히 찜찜했다. 겨우 몇천 원 아끼자고 이걸 여자 친구한테 맡기나 싶어 서운하기도 했다. 그때라도 휴지통에 버렸어야 했는데 묘성은 망설이느라 기회를 놓쳤고 잠시 후 종례 시간, 미친개라는 별명의 옆 반 담임이 허를 찌르듯 묘성의 반에 들어와 가방 검사를 했다. 3교시 과학실 이동 수업 중에 빈 옆 교실에 들어간 학생이 있다고, 그게 바로 너희 반 아이라는 제보를 받았다고, 게다가 조금 전 교생 선생 지갑 하나도 털렸다고, 요즘 계속 도난 사고가 발생하는데 가방 검사라도 해서 잡아야겠다고,

범인을 잡지 못하면 너희 모두 잠재적 피해자라고, 이 일을 불법이라 생각하는 건 범인을 돕는 공범인 거라고……. 미친개의 불시 단속으로 잡힌 건 담뱃갑을 소지한 묘성 한 명뿐이었다. 도난 사건의 범인을 잡으려 했는데 엉뚱하게도 묘성이 걸렸다.

교무실에 불려 간 묘성은 담배가 자신의 것이 아니라고 항변했다. 그래도 차마 어깨 깡패의 이름을 팔 순 없어 누구 것이냐는 질문엔 모른다고 대답했다. 가방 검사가 학생 인권 문제로 번질까 걱정했던 미친개는 있는 힘껏 묘성을 몰아세웠다. 오늘 가정 방문 한번 해 볼까, 네 방 네 책상 한번 뒤져 볼까. 얼굴이 벌게져 악을 써 대는 미친개 앞에서 묘성은 제대로 된 변명을 하지 못했다. 그게…… 제 거는…….

묘성은 다음 날 어깨 깡패를 찾아가 진상을 밝혀 달라고 부탁했다. 어깨 깡패는 묘성에게 우린 사귀는 사이라고, 그런데 그만한 것도 감싸 주지 못하냐며, 이미 벌어진 일인데 치사하게 이럴 거냐며, 너에게 실망했다고 말했다. 사귀는 사이라면 너는 왜 나를 감싸 주지 않느냐고 묘성이 따지기 전에 어깨 깡패는 뒤돌아 가 버렸다. 중3 겨울 방학 때 담배를 배운 묘성은 자신이 흡연자였던 건 사실이므로 징계를 받아들였다. 하지만 징계보다 남자 친구의 비겁함을 알게 된 것이 가슴 아팠다.

뭔 지랄 같은 법 때문에 음료수 한 박스를 맘 편히 못 들고 가네,

투덜거리며 유행 지난 점퍼 주머니에 봉투를 챙겨 온 아빠는 먹고 살기 바빠서 자식 교육에 소홀했다며 고개를 조아리다 학생 주임 앞으로 슬그머니 봉투를 내밀었지만 결국 망신만 당했다. 두꺼우면 들킨다며 오만 원권 네 장을 넣은 봉투는 이러시면 큰일 난다고 뿌리치는 학생 주임 손길에 바닥으로 떨어지고 말았다.

"작년에 징계받은 뒤로 본인도 안 피웠다 하고, 주위 얘기 들어봐도 그렇다 하니 그날 처음 피운 거라는 묘성의 말이 거짓이라고는 생각하지 않아요. 그런데요 아버님, 상황이 참 애매한 게 신고가 들어와서 저희도 어떻게든 처리를 해야 해요. 신고한 분이 학교에서 제대로 안 하면 경찰에 연락하겠다, 이번엔 가만있지 않겠다, 하도 난리를 쳐서요. 묘성이 억울한 입장도 알지만 현행범인 건 맞잖아요, 그렇죠? 죄송하지만 이번 징계는 피하기 어려울 것 같습니다."

어깨를 축 늘어뜨리고 돌아서던 아빠에게 학생 주임이 덧붙여 말했다.

"아 참, 아버님. 우리 학교는 흡연 삼진 아웃 제도가 있습니다. 다음에 또 걸리면 묘성이 진짜 퇴학입니다. 아시겠죠?"

장미 꽃잎이 지저분하게 떨어져 내린 문제의 골목길을 걸어가다 아빠는 입에 물었던 담배를 던져 버렸다. 삼진 아웃, 들었지? 다음에 또 걸리면 아빠 손에 죽을 줄 알아.

오 순경과의 통화를 곱씹을수록 묘성은 기분이 나빠졌다. 학생이라니까 걱정돼서 하는 말인데, 다음부턴 밤늦게 돌아다니지 말아요. 나쁜 뜻은 하나도 없는데, 게다가 나이 어린 신고자에게도 존댓말로 응대해 줬음에도 오 순경의 말은 걱정이 아니라 경고 같았다. 공권력은 이렇게 아무에게나 경고를 날려도 되나 언짢은 마음이 들었다.

묘성은 인터넷을 뒤져 오 순경이 말한 공연 음란죄를 찾아보았다. 공공연하게 음란한 행위를 한다는 뜻의 법률 용어였는데 목적이나 장소, 노출 범위에 따라 처벌 수위가 정해진다고 했다. 무엇보다 공연 음란죄는 직접 증거가 부족한 경우가 많아 피해자의 진술에 근거해 조사가 이뤄진다고 나와 있었다.

직접 증거란 뭘까, 생각하다가 묘성은 핸드폰을 떠올렸다. 묘성은 다시 한번 핸드폰 사진을 확인했다. 오토바이 불빛의 도움을 받았다 해도 어둠 속에서 찍은 사진은 화질이 선명하지 않았다. 남자는 바지 지퍼 쪽에 손을 대고 있는 것 같긴 하지만 그냥 양손을 다 소곳이 모은 모습으로도 보였다. 이 남자가 공연 음란죄를 저지른 게 맞을까? 확신이 안 섰다.

게다가 오 순경은 진미식당 앞에는 아무도 없었다고 했다. 논리적으로 보면 그게 당연했다. 묘성의 존재를 알아챘으니 남자는 이미 그 자리를 떴을 테고, 그렇다면 남자를 찾지 못할 가능성이 훨씬 컸다. 하지만 사진을 보면 볼수록 파란색 티셔츠가 카키색 셔츠일 수도 있겠다는 생각이 들었다. 바지 역시 비둘기색을 흰색으로 충분히 오해할 수 있을 듯했다.

범죄 사건을 다루는 텔레비전 프로그램에선 화질이 떨어지는 사진을 보고도 영상 전문가가 범인을 잘 찾아 주던데…… 묘성은 혹시라도 그 방법이 가능한지 묻고 싶어 핸드폰에 남은 오 순경의 번호로 전화를 걸었다. 하지만 벨소리가 세 번 울리기 전에 급하게 끊어 버렸다. 오 순경의 무시하는 듯한 말투를 또 들어야 한다는 사실이 싫기도 했지만, 그보다는 묘한 기시감이 들어서였다. 두 번의 흡연 사건 때 느꼈던 그 찜찜함이…….

며칠 후 묘성은 핸드폰 사진보다 확실한 직접 증거가 무엇인지 생각해 냈다. 묘성이 다시 전화를 걸어 공연 음란죄 제보를 했던 학생이라고 자신을 밝히자, 오 순경은 노골적으로 짜증 섞인 목소리를 냈다.

"지난번에 잘못 누른 거 아니었어요? 이번엔 또 무슨 일이에요?"

묘성은 자신이 진미식당 남자를 본 게 틀림없다고 말하면서 혹시 주변의 CCTV를 확인했는지 물었다.

"지난번에 말했던 거 같은데, 상황실에서 지령받은 후 그 일대를 샅샅이 살폈지만 거동이 수상한 사람은 찾지 못했어요. 학생이 굳이 CCTV 확인을 요구하겠다면 다시 신고를 해야 해요."

사건을 종결 처리 하겠느냐는 말에 동의하지도 않았는데 멋대로 전화를 끊은 건 오 순경이었다. 묘성은 오 순경에게 다시 차분히 사정을 설명했다. 화질이 선명하진 않지만 그때 상황을 찍은 사진을 갖고 있으며 원하신다면 바로 전송해 드릴 수도 있다고 했다. 묘성의 말이 끝나기가 무섭게 오 순경이 학생, 하며 다급하게 불렀다.

"남의 얼굴을 함부로 찍어서 제삼자에게 배포하면 초상권 침해예요. 정 사진을 보여 주고 싶으면 지구대로 찾아와요."

오 순경은 그럼 바빠서,라며 지난번처럼 일방적으로 전화를 끊었다. 사건의 실마리를 풀려고 하기는커녕 초상권을 침해할 수도 있다고 겁을 주니 묘성은 당황스러웠다.

묘성은 천천히 그날의 상황을 복기해 봤다. 혹시 자신이 한 방향으로만 생각하면서 오해를 쌓아 가고 있는 건 아닌지 생각했지만, 오토바이가 지날 때 번쩍 고개를 든 남자의 행동은 아무래도 수상했다. 오토바이 소음에 놀란 게 아니라 감추고자 하는 비밀을 들켰을 때의 행동이었다.

묘성은 자신이 잘못 보지 않았음을 확신했지만 행동으로 옮기는 것에는 망설여졌다. 누굴 때린 것도 아니고, 남의 물건을 훔친 것도 아닌데, 막말로 못 본 척 질끈 눈감으면 될 일을 너무 크게 벌이나 싶은 마음이 들었다. 혹시라도 신고자라는 이유로 조사받느라 시간을 뺏기는 건 아닌가 하는 걱정도 있었다. 그때 주황색 크레파스 같았던 남자아이의 얼굴이 떠올랐다. 장미 넝쿨 아래서 같이 담배를 피웠던, 두 번째 징계를 함께 받았던 아이의 이름은 윤정원이었다. 정원은 예상과 다르게 꽤 잘사는 집의 아이였고 성적도 전교 상위권이었으며 자식의 징계를 막기 위해 혼신의 노력을 기울이는 엄마가 있었다. 얄팍한 돈 봉투 하나로 어떻게 해 보려던 묘성의 아빠와 달리 정원의 엄마는 학교에서 제대로 된 금연 교육과 계도 캠페인이 있었는지를 문제 삼으며 흡연 행위를 일방적으로 학생 책임으로만 여기는 징계는 부당하다며 목소리를 높였다. 무엇보다 학부모 활동도 열심히 한 정원 엄마의 입김 덕분에 징계를 피하나 내심 기대했지만……

"담배를 피운 건 사실이잖아. 그만해, 엄마!"

학생 주임 책상 앞에서 큰 소리로 사실을 인정해 버린 정원 때문에 정원 엄마의 모든 노력과 묘성의 기대는 물거품이 되어 버렸다. 그렇지만 어깨 깡패와 달리 비겁하지 않았던 정원 덕분에 묘성은 두 번째 징계를 달게 받을 수 있었다.

정원 생각을 하자 묘성도 용기를 얻었다. 본 걸 봤다고 말하는 것뿐이야. 마음을 굳힌 묘성은 지구대로 찾아가 오 순경을 만났다. 시큰둥하게 핸드폰을 받아 든 것과 다르게 오 순경은 몇 번이나 고개를 갸웃하며 사진을 쳐다봤다. 표정도 처음과 달리 꽤 심각했다. 그래서 당장이라도 용의자를 확인하러 가자고 할 줄 알았는데 대답은 의외로 싱거웠다.

"사진 잘 봤고요, 일단 주변 CCTV 확인하고 다시 연락할게요."

불길한 예감은 왜 틀리지 않는 걸까. 묘성이 본능적으로 느꼈던 찜찜함의 정체는 오 순경의 전화를 받고서야 밝혀졌다.

"학생 말대로 진미식당 주변 CCTV 확인했어요. 편의점에 하나, 편의점 건너편 정육식당에 하나, 독서실 옆 전봇대에 하나. 이렇게 세 군데 CCTV 확인했는데 안타깝게도 진미식당 앞은 사각지대였어요. 그런데……."

거침없이 말하고, 구취를 풍길 듯한 한숨도 길게 내뱉던 오 순경이 어쩐 일인지 잠시 멈췄다. 이 침묵 뒤에는 뭐가 숨겨져 있을까. 핸드폰을 쥔 묘성의 손에 힘이 들어갔다.

"그날 진미식당에서 150미터 떨어진 곳에서 만난 남자분에게 학생이 찍은 사진을 보여 줬더니 자신이라고 인정은 했어요. 다만 자신은 신체를 노출하지도 않았고 학생이 오해할 만한 그 어떤 행동도 하지 않았다고 주장하고 있어요. 직접 물증이 없다는 걸 그분도 알고 계신 것 같아요."

오 순경의 말이 묘하게 신경을 긁었다. 묘성이 남자의 변태 행위를 봤다고 신고했으니 그 남자는 일종의 용의자인데, 오 순경은 용의자를 향해 '그분'이라 칭하고 있었다.

"CCTV에 찍히지 않았다는 걸 그 사람은 어떻게 알고 있어요?"

CCTV 확인은 경찰이 하는 거 아니던가. 오 순경이 말해 주지 않았다면 그 남자가 어떻게 알고 있는 건지 궁금했다. 그게, 하면서 오 순경이 다시 말을 흐렸다. 뿌연 안개 속에서 벽같이 크고 단단한 존재가 묘성을 향해 다가오는 느낌이었다. 정체를 알 수 없기에 이유 없이 두려움과 공포만 더해 가는 그런 존재……

"혹시라도 학생이 자신을 신고하면 명예 훼손과 초상권 침해로 고소할 생각이라면서 미리 변호사를 선임해 놓았대요. 변호사가 사건 조사를 위해 알아본 눈치예요."

싸움에 나설 준비도 안 돼 있는데 상대방은 이미 모든 전력 분석을 마치고 결전 태세를 갖춘 격이었다. 지금이라도 접어야 하나? 하지만 시작도 안 한 싸움을 위해 변호사까지 선임한 남자의 모습은 그날 밤 자신의 행동이 떳떳하지 않았음을 말해 주고 있었다. 그리고 묘성이 깨달은 사실을 오 순경 역시 알고 있음을 느낄 수 있었다.

오 순경은 어째서 내 편을 들어주지 않는 걸까. 왜 진실의 편에 서지 않는 걸까. 묘성은 용의자보다 전화선을 통해 안절부절못하는 상태를 그대로 내비치는 오 순경이 더 원망스러웠다. 아직 겨울도 아닌데 자신을 둘러싼 공기는 왜 이렇게 차가운 걸까. 묘성은 크게 심호흡을 하면서 마음을 다잡았다. '그분'이 아니라 '그놈'이 어떤 짓을 했는지 다 밝히고 싶었다.

"공연 음란죄는 피해자의 증언이 중요하다고 하던데, 그 사람이 변호사까지 동원할 정도면 그 사실을 알고 있다는 거네요?"

누굴 때린 것도 아니고, 남의 물건을 훔친 것도 아니었기에 묘성은 자신이 피해자란 생각도 못 하고 있었다. 하지만 자신은 그날 밤 남자의 추한 짓을 본 목격자이자 피해자였다.

힘들게 다잡은 묘성의 마음을 흩뜨려 놓은 건 오 순경이었다. 학생이 그렇게 유리한 입장은 아니에요. 잠깐 뜸을 들이던 오 순경이 말했다.

"세 군데 중 편의점 CCTV에 학생의 모습이 찍혀 있어요. 편의점 근처에 가로등이 있어서 비교적 또렷하게 잘 나왔더라고요. 확대해 보지 않아도 학생 입가에 빨간 점까지는 육안으로도 보여요. 그 빨간 점이 담뱃불이라는 걸 그분도 단번에 알아차린 눈치예요."

흐드러진 장미 넝쿨이 아름다웠던 그 골목길에서 묘성은 갑자기 나타난 학생 주임의 얼굴을 알아보지 못했다. 저 낯익은 얼굴은 누구더라. 피우던 담배를 감추지도 않고 고개를 돌리지도 않던 묘성을 향해 학생 주임은 뻔뻔하다며 나무랐지만, 평계를 대자면 그렇게 한순간에 모든 상황이 뒤바뀔 수 있다는 걸 몰랐기 때문이었다. 하지만 이제 든든한 줄 알고 발 딛고 선 이 바닥도 어쩌면 하루 아침에 무너져 내릴 수 있음을 묘성은 깨닫고 있었다.

"학생 흡연에 대해 공권력은 어떠한 간섭도 할 수 없어요. 하지만 그분이 CCTV 복사본을 학교 측에 제출한다면 문제가 달라지겠죠. 그걸 감수하면서까지 밀어붙이고 싶어요? 요즘은 대학 진학

시에도 그런 기록이 들어간다 하던데……. 만약 내가 학생 입장이라면 여기서 접겠어요. 그냥 똥 밟았다 생각해요."

외모든 성격이든 누가 봐도 그다지 불량스러워 보이지 않는 묘성이 처음 담배를 배운 이유는 빨리 어른이 되고 싶은 욕망에서였다. 부모의 이혼 과정에서 철저하게 소외받은 묘성은 어른의 상징이라 생각했던 담배를 피우며 어른인 척 굴었다. 그 생각 자체가 어른스럽지 않았다는 건 시간이 지나서 깨달았지만 그땐 이미 담배가 투움바파스타처럼 가끔씩 못 견디게 떠오르던 때였다.

아빠도 엄마도 묘성에게 믿음직스러운 보호자는 아니었지만 그래도 큰일을 의논할 정도의 의리는 있어야 한다고 믿었다. 묘성에게 그날 밤의 이야기를 들은 아빠는 주먹부터 들어 올렸다. 너 또 담배 피우면 내 손에 죽는다 했어, 안 했어? 두 번째 징계가 결정된 날 아빠가 했던 말에 묘성도 잠정적으로 동의했고, 그 약속을 깬 것도 사실이었으므로 등짝 몇 대 맞을 각오는 한 상태였다. 하지만 허공에서 부르르 떨던 아빠의 손바닥은 제자리를 찾지 못하고 지저분한 얼룩이 남은 방바닥 장판으로 떨어졌다. 더 말할 것도 없어. 당장 그만둬.

그런데 정작 그만두지 못한 건 아빠였다. 아빠는 묘성의 말이 못 미더웠는지 오 순경을 만나 정말 그날 밤 자신의 딸에게 아무런 일이 없었는지, 변태 범죄자가 무슨 짓을 저지른 건 아닌지 몇 번이나 확인했다. 그리고 그 과정에서 그 남자의 정체를 알게 됐다.

"묘성아, 진짜 끝내자. 우리가 건드릴 수 있는 사람이 아니야."

오 순경이 실명을 거론한 건 아니었지만 아빠는 그 사람이 누군지 바로 알아차렸단다.

아버님이 ○○시장에 계시면 그분 영향력이 꽤 클 텐데……. 오 순경이 혼잣말하듯 내뱉은 그 한마디로 아빠는 남자가 현재 쇼핑몰 반대 투쟁에 지지 선언을 한 시 의원일 거라 짐작했다. 묘성이 찍은 사진을 보면서도 맞는 거 같네, 씁쓸하게 말했다. 차기 국회의원감이라는 말을 듣는 그의 약력을 찾아보니 오 순경이 처음 얘기했던 대로 수년간 청소년 선도 위원을 역임했다. 그뿐 아니라 철거민 대책 위원회 활동에 일제의 조선인 강제 징용 조사, 군 의문사 진상 조사 활동 등 인권 운동 쪽에서 꽤 유명한 사람이기도 했다.

"지렁이도 밟으면 꿈틀한다잖니. 근데 그 사람은 지렁이도 아니고 뱀이야, 뱀. 네가 신고하면 그 사람이 가만히 있겠냐고. 영상을 학교에 낸다고 생각해 봐. 학교에선 지난번처럼 신고가 들어왔으니 징계 처리를 하겠다고 할 테고. 그럼 삼진 아웃으로 퇴학이야. 네가 절대적으로 불리해."

묘성은 피식 웃었다. 지렁이도 밟으면 꿈틀한다는데, 왜 내가 꿈틀거릴 수 있다는 건 아무도 모를까 싶어 답답했다. 아빠는 묘성의 웃음을 다르게 이해했는지 마지막으로 한마디를 보탰다.

"털어서 먼지 안 나오는 사람이 어디 있겠니? 그냥 넘어가자."

좋은 대학을 가겠단 욕심이 있는 건 아니었지만 퇴학이라는 딱지를 붙이고 싶진 않았다. 그날 밤 일만 지워 버리면 아무 문제가 없다는 것도 잘 알았다. 아빠 말대로 자신에게만 불리한 싸움이었기에 묘성은 단념했다. 그래도 문득 궁금증이 일 때면 인터넷으로 그에 대해 찾아보곤 했다. 그는 사비를 털어 위안부 할머니를 위한 주거 공간을 마련하기도 했고, 재벌의 숫자 놀음에 피해를 본 소액 주주들을 위해 재판 비용을 대기도 했다. 인터넷 커뮤니티 곳곳마다 미담이 넘쳤다. 그 기사의 절반만 믿더라도, 그는 정말 훌륭한 사람이었다. 묘성과는 비교할 수 없을 정도로, 아니 주변의 누구도 그만큼 훌륭한 일을 하지 못했다. 그래서 묘성은 괴로웠다. 내가 본 건 정말 뭐였을까.

인생의 중요한 순간에는 늘 만남이 있다. 어깨 깡패 남자 친구를 만나서 첫 번째 징계를 받고, 흡연 커밍아웃을 하게 만든 정원을 만나 두 번째 징계를 받고, 마지막 담배를 피우려고 나간 밤 그 남자를 만난 것처럼.

꽃잎 한 장 없이 시든 장미 넝쿨이 을씨년스러워 보이는 그 골목에서 묘성은 우연히 정원을 다시 만났다. 두 번째 흡연 사건의 공범이었던 아이. 그 이후 알은척을 하지 않더니, 초겨울 바람에 어깨를 옹송그린 모습이 안쓰러워 보였는지 웬일로 정원이 묘성에게 말을 걸었다.

"그때 미안했어. 그날 내가 소리치지 않았으면 징계를 피할 수
도 있었는데……. 네 생각을 못 했어."

그 말대로 정원이 여러 선생님 앞에서 사실을 인정하지 않았다
면 정원 엄마의 노력이 결실을 맺었을지도 모르지만, 이미 지나간
일이었다. 기념일에만 담배를 피운다는 변명을 기억한 걸 보면 정
원은 보기보다 섬세한 아이일 터였다. 정원에게 죄책감을 안겨 주
고 싶지 않아 묘성은 진짜로 괜찮다고 말해 주었다. 그럼 다행이
고. 원래 말수가 없는 아이인지 정원은 그렇게 한마디를 하더니 운
동화 앞코로 바닥만 톡톡 두드렸다. 정겨운 말 한마디 없이 묵묵히
담배를 피울 정도로 서먹한 사이였지만 묘성은 묻고 싶었다. 왜 쉽
게 인정했는지, 왜 징계를 받아들였는지.

정원이 머리를 긁적이더니 갑자기 주위를 두리번거렸다. 남이
들어서는 안 되는 얘길 하려는 듯 행동했지만 정원의 대답은 시시
했다.

"훌륭한 어른이 되는 게 내 꿈이거든. 누구도 속이지 않고 착하
게 사는 거. 담배를 피운 건 사실이니까 감추고 싶지 않았어."

그게 끝이었다. 학원 간다며 돌아서는 정원의 어깨가 마냥 좁아
보이지만은 않았다.

정원의 아빠가 제법 이름난 투자 자문 회사를 운영하고, 신문에
기사가 날 정도로 큰 사기 사건에 연루되고, 모두가 엄청난 형량을

받을 거라 예상했던 재판에서 유명한 로펌 변호사들을 앞세워 집행 유예로 풀려났다는 소식은 나중에 다른 친구에게 들었다. 시시해 보였던 정원의 꿈이 참 고귀해 보였다.

군이 핑계를 대자면 정원을 만나서였겠지만, 그보다 더 큰 이유는 어두운 밤거리에서 방황하던 그 남자와 자신을 위해서였다. 묘성은 그날 밤 하늘 왼편에 이지러진 달과, 폭죽처럼 타올랐던 담배 불꽃과, 진미식당 앞의 그 남자를 오래도록 잊지 못할 것임을 깨달았다. 그리고 누가 봐도 충분히 훌륭한 그 남자도 어둡고 쓸쓸한 밤거리에서 했던 몹쓸 짓을 인정하기를 바랐다. 겁나지 않는다면 거짓말이겠지만 묘성은 몇 번이나 지우려고 했던 오 순경의 번호를 다시 힘차게 눌렀다. 위험하고 간절한 신호가 길게 이어졌다.

작가의 말

열패감과 무력감에 빠져 꽤 오랜 시간 글을 쓰지 못했다. 사회적으로도 개인적으로도 힘들고 아픈 일이 많았고, 옳다구나 핑계를 찾은 듯 꼼짝없이 손을 놓았다. 내 의지대로 바뀌지 않을 세상 될 대로 되라지, 싶었다. 시간은 잘 흘러갔지만…… 마음이 편하진 않았다.

어느 늦은 밤 텔레비전에서 끔찍한 선박 사고로 자식을 잃은 한 엄마의 인터뷰를 보았다. 아득한 바다 앞에서 목 놓아 아이의 이름을 부르는 그 모습을 보다가 같이 울고 말았다. 눈이 퉁퉁 붓도록 울고 나자 나에게도 할 일이 있다는 자각이 들었고 조심스럽게 글을 쓰기 시작했다.

이 책에는 불가해한 세상을 향해 외치는 작은 목소리들이 담겼다. 아무도 믿어 주지 않는 성추행 사건의 진실을 주장하는 소녀, 믿을 수 없는 아들의 죽음 앞에 황망하게 무너져 내린 가족, 사랑도 사치라 여길 만큼 어렵게 사는 남매, 평화를 지키겠다며 군대를 거부하고 징역을 택한 청년, 학교도 빠지면서 이삿짐을 나르는 소년, 아빠 사고의 비밀을 간직한 채 점점 고립되는 아이, 어느 날 밤 길에서 목격한 것을 증언하는 소녀……. 곤란하거나 가혹한 상황에 처한 그들은 바로 나였고 내 친구였고 내 이웃이었다. 귀 기울이지 않으면 들을 수 없는 그 목소리를 담은 뒤에 나는 또 울었다. 한없이 선량한 이들에게 닥치는 불행은 여전하고 세상은 바뀌지 않았으니까.

나는 아직도 불가해한 세상을 이해하지 못한다. 하지만 받아들이기로 했다. 불행했던 어제와 불확실한 내일 사이에서 힘들고 아픈 '오늘'을 꿋꿋하게 살아가기로 했다. 거친 파도가 몰아치는 바닷가에서 속절없이 우는 누군가의 곁에서 같이 눈물을 흘리기로 했다. 그가 가진 아픔을 기꺼이 나눠 갖기로 했다.

글을 쓰면서 슬펐고, 애틋했고, 행복했다. 책을 읽으면서 한 번이라도 빙그레 웃어 준다면, 한 번쯤 고개를 끄덕여 준다면 그것으로 충분하다. 내 주위 모든 이들에게도 감사의 말을 전한다. 내 기쁨에 같이 웃어 주고, 내 슬픔에 같이 울어 주는 그들이 있어 오늘도 충만하게 살고 있다.

2019년 가을에,
정은숙

수록 작품 발표 지면

내일 말할 진실 … 미발표작

빛나는 흔적 … 미발표작

손바닥만큼의 평화 …『어린이와 문학』 2015년 7월호
                    (「딱 손바닥만큼만」으로 발표)

버티고(vertigo) … 미발표작

영재는 영재다 …『우리는 별일 없이 산다』, 탐 2013

경우의 사랑 …『사랑의 입자』, 문학동네 2018

그날 밤에 생긴 일 …『창비어린이』 2018 가을호

창비청소년문학 93

내일 말할 진실

초판 1쇄 발행 • 2019년 10월 4일
초판 14쇄 발행 • 2024년 3월 22일

지은이 • 정은숙
펴낸이 • 염종선
책임편집 • 정민교 김영선
조판 • 신혜원
펴낸곳 • (주)창비
등록 • 1986년 8월 5일 제85호
주소 • 10881 경기도 파주시 회동길 184
전화 • 031-955-3333
팩시밀리 • 영업 031-955-3399 편집 031-955-3400
홈페이지 • www.changbi.com
전자우편 • ya@changbi.com

ⓒ 정은숙 2019
ISBN 978-89-364-5693-1 43810